Man kennt Fontane als einen Meister der Prosa. Seine Gedichte gelten gemeinhin als Nebenprodukte, die es zwar durchaus zu Volkstümlichkeit gebracht haben, aber nicht unbedingt zu parnaßhaften Höhen. Vom lyrischen Schaffen Fontanes ist allenfalls die Legende vom »Herrn von Ribbeck auf Ribbeck im Havelland« im allgemeinen Bewußtsein verblieben. Diese Auswahl will dazu beitragen, den Lyriker Fontane neu zu entdecken, den Balladen-, Gedanken- und Spruchdichter und den Verfasser subtiler Poeme über die Suche des Menschen nach etwas Glück und einem Halt im Uferlosen der Erfahrung von Modernität und rein technischer Innovationen, denen schon Fontanes Zeitgenossen einen gut Teil ihres kritischen Bewußtseins zu opfern bereit gewesen waren. Fontane stellt sich uns heute dar als Dichter des »unwiederbringlich« Verlorenen, aber auch der ebenso schlichten wie kunstvollen Verschränkung von Geschichte und Gegenwart, von Eigenem und angeeignetem Fremden, vor allem der britischen Kultur. Entsprechend orientiert sich diese Auswahl an thematischen Schwerpunkten in Fontanes Lyrik und weniger an ihrer umfassenden Wiedergabe.

insel taschenbuch 2221

Theodor Fontane

Gedichte

THEODOR FONTANE

GEDICHTE

Ausgewählt
und mit einem Nachwort
versehen von
Rüdiger Görner

Insel Verlag

Umschlagabbildung:
Max Slevogt, Badehaus an der Havel, 1912

insel taschenbuch 2221
Erste Auflage 1998
Originalausgabe

Vertrieb durch den Suhrkamp Taschenbuch Verlag
Umschlag nach Entwürfen von Willy Fleckhaus
Satz: Hümmer GmbH, Waldbüttelbrunn
Druck: Nomos Verlagsgesellschaft, Baden-Baden
Printed in Germany

1 2 3 4 5 6 – 03 02 01 00 99 98

INHALT

Zu dieser Auswahl 9

Herbstgedichte 13
Rückblicke 27
Frage nach dem Glück 41
Kreatürliches 65
In Gesellschaft 75
Zeitwerte und Geschichtswelt 87
Allein. Und über Letztes 159

Nachwort: »Der Stern gibt mir das
Geleit.« Fontane als Lyriker 179
Literaturverzeichnis 196
Bibliographischer Nachweis 196
Verzeichnis der ausgewählten Gedichte .. 197

ZU DIESER AUSWAHL

Man kennt Fontane als einen Meister der Prosa. Seine Gedichte gelten gemeinhin als Nebenprodukte, die es zwar durchaus zu Volkstümlichkeit gebracht haben, aber nicht unbedingt zu parnaßhaften Höhen. Vom lyrischen Schaffen Fontanes ist allenfalls die Legende vom »Herrn von Ribbeck auf Ribbeck im Havelland« im allgemeinen Bewußtsein verblieben. Kurios genug: Hatte doch Fontane geglaubt, daß am ehesten seine Gedichte überdauern würden.

Diese Auswahl will dazu beitragen, den Lyriker Fontane neu zu entdecken, den Balladen-, Gedanken- und Spruchdichter und den Verfasser subtiler Poeme über die Suche des Menschen nach etwas Glück und einem Halt im Uferlosen der Erfahrung von Modernität und rein technischer Innovationen, denen schon Fontanes Zeitgenossen einen Gutteil ihres kritischen Bewußtseins zu opfern bereit gewesen waren.

Fontane stellt sich uns heute dar als Dichter des »unwiederbringlich« Verlorenen, aber auch der ebenso schlichten wie kunstvollen Verschränkung von Geschichte und Gegenwart, von Eigenem (gemeint ist sein betont altpreußisches Denken, dessen neudeutsche Entfremdung nach 1871 er mit deutlicher Stimme zu kritisieren verstand) und angeeignetem Fremden, vor allem der britischen Kultur.

Entsprechend orientiert sich diese Auswahl an thematischen Schwerpunkten in Fontanes Lyrik und weniger an ihrer umfassenden Wiedergabe.

Fontane ging davon aus, daß jede Epoche ihre gemäße Sprachform finde. Was ihn betrifft, so war sie das Spruchhafte. Wie in seinen Romanen die Sentenz, das Bonmot einen Dialog zugespitzt oder lakonisch abschließen konnte, so lebt

seine Lyrik von der Kunst, prägnant einen Sachverhalt oder Eindruck, eine Auffassung oder Erfahrung auf den Begriff zu bringen. Man könnte dieses poetische Verfahren lyrische Aphoristik nennen, die auch in episch ausgreifenden Balladen erkennbar bleibt.

Die sieben hier herausgearbeiteten Themenkreise sind motivisch aufeinander bezogen. Für den Lyriker Fontane war jeder Blick ein Blick zurück. Was er sagte, verfügte stets über historische Tiefenschärfe und damit über Perspektivität. Auch wenn seine altpreußische Welt längst versunken ist und keineswegs wieder beschworen werden soll, auch wenn sein später sozialer Republikanismus, der jedoch den Wert des Aristokratischen nie verleugnete, heute eher archaisch wirkt, es lohnt die Beschäftigung mit dieser Lyrik, Fontanes schierer Wortkunst wegen, aber auch aufgrund seines geradezu ›demokratischen‹ Beharrens auf die Einbeziehung umgangssprachlicher Wendungen in seiner Dichtung. Damit ist weniger eine Art veredelter Volkston gemeint, sondern Fontanes Fähigkeit, die kleinen und großen Nöte und Sorgen des Menschen, sein zages Hoffen und vergebliches Planen mitfühlend zur Sprache zu bringen. Seine Ironie bleibt stets leise; ins Zynische schlägt sie nicht um. Von seinen Versen, so gewitzt manche Wendungen, so scharf pointiert manche Aussagen auch sein mögen, geht eine Wärme aus, die nur Dichter haben können, die auf der Seite des Allzumenschlichen stehen. Bei aller Gesellschaftskritik, auch sie hat in dieser Auswahl ihren Platz, trotz aller Lakonie, Fontanes Lyrik ist eine Lyrik der Sympathie. Und als solche verdienen ihre eindrucksvollsten Beispiele, auf die sich unser Band beschränkt, mit seinen großen Romanen weiter zu wirken.

GUTER RAT

An einem Sommermorgen
   Da nimm den Wanderstab,
Es fallen deine Sorgen
   Wie Nebel von dir ab.

Des Himmels heitere Bläue
   Lacht dir ins Herz hinein,
Und schließt, wie Gottes Treue,
   Mit seinem Dach dich ein.

Rings Blüten nur und Triebe
   Und Halme von Segen schwer,
Dir ist, als zöge die Liebe
   Des Weges nebenher.

So heimisch alles klinget
   Als wie im Vaterhaus,
Und über die Lerchen schwinget
   Die Seele sich hinaus.

HERBSTGEDICHTE

HERBSTLIED

Rote Beeren am Rosenhage,
Rote Blätter an Baum und Gesträuch, –
Ihr schönen Herbstestage,
Ihr klaren, wie grüß ich euch!

Es fallen die letzten Schleier
Vor eurer Sonne Schein,
Und wir blicken tiefer und freier
In Gottes Welt hinein.

Ihr klaren, ihr mahnt mich immer
An das Auge treuer Fraun:
Verloren ging der Schimmer,
Doch die Seele kann ich schaun.

HERBSTGEFÄRBT

Rot und gelbe Herbsteslehnen
An der fernen Berge Joch,
Und wie Frühlingsgruß und Sehnen
Blühen um mich her Verbenen,
Aber ach wie lange noch?!

Und so schwindet hin das Leben,
Schwindet, und du liebst es *doch*;
Wieder regt sich Stolz und Streben,
Und der *Wunsch* keimt auf daneben, –
Aber ach wie lange noch?!

HERBSTMORGEN

Die Wolken ziehn, wie Trauergäste,
Den Mond still-abwärts zu geleiten,
Der Wind durchfegt die starren Äste
Und sucht ein Blatt aus beßren Zeiten.

Schon flattern in der Luft die Raben,
Des Winters unheilvolle Boten;
Bald wird er tief in Schnee begraben
Die Erde, seinen großen Toten.

Ein Bach läuft hastig mir zur Seite;
Es bangt ihn vor des Eises Ketten,
Drum stürzt er fort und sucht das Weite,
Als könnt ihm Flucht das Leben retten.

Da mocht ich länger nicht inmitten
So todesnaher Öde weilen;
Es trieb mich fort, mit hast'gen Schritten
Dem flücht'gen Bache nachzueilen.

SPÄTHERBST

Schon mischt sich Rot in der Blätter Grün,
Reseden und Astern sind im Verblühn,
Die Trauben geschnitten, der Hafer gemäht,
Der Herbst ist da, das Jahr wird spät.

Und doch (ob Herbst auch) die Sonne glüht, –
Weg drum mit der Schwermut aus deinem Gemüt!

Banne die Sorge, genieße was frommt,
Eh Stille, Schnee und Winter kommt.

UNWIEDERBRINGLICH

Noch ist Herbst nicht ganz entflohn,
Aber als Knecht Ruprecht schon
Kommt der Winter hergeschritten,
Und alsbald aus Schnees Mitten
Klingt des Schlittenglöckleins Ton.

Und was jüngst noch, fern und nah,
Bunt auf uns herniedersah,
Weiß sind Türme, Dächer, Zweige,
Und das Jahr geht auf die Neige,
Und das schönste Fest ist da.

Tag du der Geburt des Herrn,
Heute bist du uns noch fern,
Aber Tannen, Engel, Fahnen
Lassen uns den Tag schon ahnen,
Und wir sehen schon den Stern.

IM HERBST

Der Herbst, der ew'ge Schnitter, mäht
Das Laub von Baum und Strauch,
Und ach, durch meine Seele weht
Sein Todesatem auch.

Es seufzt der Wald aus banger Brust
Und wiegt sein Haupt vor Weh,
Ich seufze, weil ich Lieb und Lust
Dem Tod verfallen seh.

Der Himmel regnet trüb und grau,
Die Flur ein Stoppelfeld,
Sind Bilder – schreckenhaft genau –
Von meiner Herzenswelt.

Und rings kein Sang und Klang, kein Ton
Von Lerch und Nachtigall; –
Was Wunder, wenn auch mir entflohn
Die lieben Lieder all.

EINE HERBSTREISE

I. Aufbruch

Klar war die Luft, am Fenster glomm
Der Herbstessonnenschein,
Mir war's, als rief und winkt er: Komm,
Und zieh ins Land hinein.

Es war so recht der eigne Drang,
Was mir die Sonne riet;
Ich ging, – und weil kein Vogel sang,
So trällert ich ein Lied.

II. Waldvöglein

Waldvöglein lag auf weichem Moos,
Starr, mit gebrochnem Aug;
Ich barg es in der Erde Schoß
Bei einem Holderstrauch.

Und tönen drin, o Nachtigall,
Je deine Melodien,
So mögen ihre Wonnen all
Durch Vögleins Träume ziehn.

III. Der Bach

Vorbei, vorbei – bedeckt von Schaum –
Jagt mir der flücht'ge Bach;
Ich steh – gelehnt an einen Baum,
Und schau ihm sinnend nach.

Erreichen will der Bach sein Ziel
Noch vor des Winters Nahn;
Er soll ihn nicht bei Tändelspiel
Im Schoß der Heimat fahn.

IV. Der alte Baum

Und als der Wind das letzte Blatt
Dem morschen Baum geraubt,
Da war's als beuge lebenssatt
Der Greis das kahle Haupt.

Wohl zaust an seinem Bart der Wind,
Er aber achtet's kaum,

Und streckt nach seinem toten Kind
Die Arme, wie im Traum.

V. Der Kranich

Rauh ging der Wind, der Regen troff,
Schon war ich naß und kalt;
Ich macht auf einem Bauerhof
Im Schutz des Zaunes – halt.

Mit abgestutzten Flügeln schritt
Ein Kranich drin umher,
Nur seine Sehnsucht trug ihn mit
Den Brüdern übers Meer.

Mit seinen Brüdern, deren Zug
Jetzt hoch in Lüften stockt,
Und deren Schrei auch ihn zum Flug
Gen Süden ruft und lockt.

Und sieh, er hat sich aufgerafft,
Es gilt ja Lenz und Glück;
Umsonst! der Schwinge fehlt die Kraft,
Und ach, er sinkt zurück.

Und Hahn und Huhn zum Schabernack
Umkrähn ihn voller Freud;
Es jubelt stets das Hühnerpack
Bei eines Kranichs Leid.

VI. Erster Schnee

Und weiter ging's, des Winters Näh
Verriet ein Flockenpaar;
Es gleicht das erste Flöckchen Schnee
Dem ersten weißen Haar.

Noch wird – wie wohl von lieber Hand
Der erste Schnee dem Haupt, –
So auch der erste Schnee dem Land
Vom Sonnenstrahl geraubt.

Doch habet acht, mit einem Mal
Ist Haupt und Erde weiß,
Und Freundeshand und Sonnenstrahl
Sich nicht zu helfen weiß.

VII. Der Fremde

Die Luft war nebeltrüb und naß;
Ich trat in einen Krug;
Kalt war's – ich selber leerte baß
Mein Glas auf einen Zug.

Und alles rieb die Hände sich
Und suchte das Kamin,
Nur einer tät absonderlich
Des Feuers Nähe fliehn.

Entsetzlich mager schien er mir
In seinem schwarzen Rock,
Und seine Beine glichen schier
An Dicke seinem Stock.

Kahl war sein Kopf, sein Auge tot,
Steinalt ein jeder Zug,
Die einz'ge Spur von Lebensrot
Des Mannes Nase trug.

Ich fühlt ihm etwas auf den Zahn,
Da wurde mir's so kalt,
Als wehte mich der Atem an
Von einer Schneegestalt.

Der Großknecht von der Tafelrund
Hieß ihn »Herr Küster« zwar,
Doch glaub ich bis auf diese Stund,
Daß es der Winter war.

VIII. Zu Haus

Der Regen wuchs; kein trockner Fleck
An meinem Hab und Gut;
Die Stiefel hatten manches Leck,
Nicht so mein guter Mut.

Doch endlich ward's auch mir zu kraus,
Am Kreuzweg macht ich kehrt,
Und dacht: ein wasserdichtes Haus,
Es ist doch auch was wert.

Da bin ich denn an alter Stell,
Und ob's mich auch verdrießt,
Daß unten an des Hauses Schwell
Kein Herze mich begrüßt,

Daß nicht einmal ein treuer Hund
Laut winselnd mich umsprang,
So lebt in meines Herzens Grund
Doch Liebe nur und Dank.

Und von dem Ränzel auf den Tisch
Stellt ich ein Restchen Wein,
Und schenkte von dem Unger frisch
Ein volles Glas mir ein.

Und »daß heut Nacht kein Herze weint«,
Drauf hab ich's Glas geleert,
Und hab's wahrhaftig gut gemeint,
Ob's keiner auch gehört.

DER HERBST

Nicht fürder sei dein Nachtgesell
Der finstre Bursch – der Schmerz; –
Raff dich empor, komm, löse schnell
Der Kette klirrend Erz.
Ist, was ich bringe, was ich habe,
Auch keine zarte Frühlingsgabe,
Ach, dennoch tröst ich dich und labe
Dein hartgeprüftes Herz.

Schon hab ich für das weite Land
Ein kostbar Kleid gewebt,
Geöffnet schon die milde Hand
Für alles, was da lebt.
Der Landmann sammelt in die Scheuer,
Schon reift der Wein am Felsgemäuer,

Schon glüht in ihm vielleicht das Feuer,
Das deinen Mut erhebt.

Wenn kaum der Tag im Osten lacht,
Geht's fröhlich auf das Feld,
Man pflückt und erntet, bis die Nacht
In Dunkel hüllt – die Welt.
Dann, wenn die Garben aufgeladen,
Auf allen Wegen, allen Pfaden,
Ertönen Lieder und Balladen
Von Freud und Lust geschwellt.

Oh, komm! bevor auf Erden nur
Die Macht des Winters haust,
Bevor der Wind die Stoppelflur,
Den kahlen Wald durchbraust.
Bald hörst du, statt der Westen Kosen,
Nur noch des Nordens Stürme tosen,
Oh, komm! daß du die letzten Rosen
Der Abendwolke schaust.

Die Lerche schweigt, und nur das Lied
Der Drossel stört die Ruh,
Die Schwalbe flieht, der Kuckuck zieht
Dem warmen Süden zu.
Oh, komm, bevor die Flocken stieben
Und von den Sängern, die vertrieben,
Rotkehlchen nur daheim geblieben,
Verlassen – ach, wie du.

Oh, komm! noch ist der Himmel blau,
Mattgrünend noch die Flur,
Bald schaust du Wolken, trüb und grau,

Und schnee'ge Felder nur.
Die Ströme fluten in den Betten,
Als könnte schnelle Flucht sie retten,
Umsonst, umsonst! bald schlägt in Ketten
Der Winter – die Natur.

RÜCKBLICKE

IM GARTEN

Die hohen Himbeerwände
Trennten dich und mich,
Doch im Laubwerk unsre Hände
Fanden von selber sich.

Die Hecke konnt es nicht wehren,
Wie hoch sie immer stund:
Ich reichte dir die Beeren
Und du reichtest mir deinen Mund.

Ach, schrittest du durch den Garten
Noch einmal in raschem Gang,
Wie gerne wollt ich warten,
Warten stundenlang.

DAS FISCHERMÄDCHEN

Steht auf sand'gem Dünenrücken
Eine Fischerhütt am Strand;
Abendrot und Netze schmücken
Wunderlich die Giebelwand.

Drinnen spinnt und schnurrt das Rädchen,
Blaß der Mond ins Fenster scheint,
Still am Herd das Fischermädchen
Denkt des letzten Sturms und – weint.

Und es klagen ihre Tränen:
»Weit der Himmel, tief die See,

Doch noch weiter geht mein Sehnen,
Und noch tiefer ist mein Weh.«

RÜCKBLICK

Es geht zu End und ich blicke zurück.
Wie war mein Leben? wie war mein Glück?

Ich saß und machte meine Schuh;
Unter Lob und Tadel sah man mir zu.

»Du dichtest, das ist das Wichtigste ...«
»Du dichtest, das ist das Nichtigste.«

»Wenn Dichtung uns nicht zum Himmel trüge ...«
»Phantastereien, Unsinn, Lüge.«

»Göttlicher Funke, Prometheusfeuer ...«
»Zirpende Grille, leere Scheuer.«

Von hundert geliebt, von tausend mißacht't,
So hab ich meine Tage verbracht.

SO UND NICHT ANDERS

Die Menschen kümmerten mich nicht viel,
Eigen war mein Weg und Ziel.

Ich mied den Markt, ich mied den Schwarm,
Andre sind reich, ich bin arm.

Andre regierten (regieren noch),
Ich stand unten und ging durchs Joch.

Entsagen und lächeln bei Demütigungen,
Das ist die Kunst, die *mir* gelungen.

Und doch, wär's in die Wahl mir gegeben,
Ich führte noch einmal dasselbe Leben.

Und sollt ich noch einmal die Tage beginnen,
Ich würde denselben Faden spinnen.

SCHLAF

Nun trifft es mich, wie's jeden traf,
Ich liege wach, es meidet mich der Schlaf,
Nur im Vorbeigehn flüstert er mir zu:
»Sei nicht in Sorg, ich sammle deine Ruh,
Und tret ich ehstens wieder in dein Haus,
So zahl ich alles dir auf einmal aus.«

AM JAHRESTAG
(27. September 1888)

Heut ist's ein Jahr, daß man hinaus dich trug,
Hin durch die Gasse ging der lange Zug,
Die Sonne schien, es schwiegen Hast und Lärmen,
Die Tauben stiegen auf in ganzen Schwärmen.
Und rings der Felder herbstlich buntes Kleid,
Es nahm dem Trauerzug fast sein Leid,

Ein Flüstern klang mit ein in den Choral,
Nun aber schwieg's – wir hielten am Portal.

Der Zug bog ein, da war das frische Grab,
Wir nächsten beide sahen still hinab,
Der Geistliche, des Tages letztes Licht
Umleuchtete sein freundlich ernst Gesicht,
Und als er nun die Abschiedsworte sprach,
Da sank der Sarg und Blumen fielen nach,
Spätrosen, rot und weiße, weiße Malven,
Und mit den Blumen fielen die drei Salven.

Das klang so frisch in unser Ohr und Herz,
Hin schwand das Leid uns, aller Gram und Schmerz,
Das Leben, war dir's wenig, war dir's viel?
Ich weiß das Eine nur, du bist am Ziel,
In Blumen durftest du gebettet werden,
Du hast die Ruh nun, Erde wird zu Erden,
Und kommt die Stund uns, dir uns anzureihn,
So laß die Stunde, Gott, wie diese sein.

VERZEIHT

Verzeiht den Anekdotenkram
Und daß niemals ich einen »Anlauf« nahm,
Auch niemals mit den Göttern grollte,
Nicht mal den Staat verbessern wollte,
Nicht mal mit »sexuellen Problemen«
Gelegenheit nahm mich zu benehmen.

Der faßt es so, *der* anders an,
Man muß nur wollen, was man kann,

Mir würde der Weitsprung nicht gelingen,
So blieb ich denn bei den näheren Dingen,
Drei Schritt bloß, – – ich weiß, es ist nicht viel,
Aber Freude gibt jedes erreichte Ziel.

DER KASTANIENBAUM

Dort unter dem Kastanienbaum
War's einst so wonnig mir,
Der ersten Liebe schönsten Traum
Verträumt ich dort mit ihr.

Dort unter dem Kastanienbaum
Ist's jetzt so traurig mir,
Dort gab ich meinen Schmerzen Raum,
Seit Vanda schied von mir.

Und doch ist's gar ein lieber Ort,
Erinnrung heiligt ihn,
Es ist kein Zweig, kein Blütchen dort,
Dem sie nicht Reiz verliehn.

Das Windesspiel in dunkler Krone,
Ihr melancholisch Rauschen
Gleicht ihrem bangen Abschieds-Tone
Und zwingt mich, ihm zu lauschen.

Die weiße Blume? war sie nicht
Selbst eine weiße Blüte?
Strahlt Unschuld nicht ihr Angesicht,
Nicht Reinheit, Seelengüte?

Mit zartem Purpurnetz durchstickt
Seh ich die Blume prangen
Und denke, wenigstens entzückt,
An ihre Rosenwangen.

Bald werd ich eine Frucht erschaun
Und sehe dann fürwahr,
Es war ja auch kastanienbraun,
Ihr schöngelocktes Haar.

Nur eines fehlt, des Auges Blau,
Des Liebchens größte Zier,
Das trägt der Baum mir nicht zur Schau,
Das zeigt er niemals mir.

Doch wenn der Frühling wiederkehrt,
Belebt die weite Au,
Da, hoff ich, ist der Baum bekehrt
Und blüht halb weiß, halb – blau.

REISE-ERINNERUNGEN

1. Abschied

Der Anker war gelichtet,
Bei lautem Böllergruß,
Bei Vivatruf und Hurra
Durchfurchten wir den Fluß.

Mit bunten Wimpeln grüßte
Uns jedes Schiff und Boot,
Der Himmel selber flaggte
Mit seinem Abendrot.

Und einsam auf den Bergen
Blieb eine Dirne stehn,
Und ließ die bunte Schürze
Im Abendwinde wehn.

Ihr Gruß hat wie das Scherflein
Des Armen mich gerührt,
Ich nickte, bis die Ferne
Mich ihrem Blick entführt.

2. Auf dem Meere

Wir jagten auf flüchtigem Schiffe
Durch Nacht und Fluten einher,
Hoch schäumte der Becher der Freude,
Hoch schäumte das brausende Meer.

Raketen zischten und stiegen
Tief, tief in die Nacht hinein,
Und schienen, in Funken zerstiebend,
Ein sinkender Himmel zu sein.

Es scholl in das Donnern des Meeres
Vielstimmiger Jubelgesang,
Kaum hörbar, wie Schmettern der Lerche
Bei Orgel- und Glockenklang.

Die Stunden entflohn; wetteifernd
Durchflog unser Fahrzeug die Flut;
Erloschen war die Freude,
Und der Rakete Glut;

Doch immer noch schäumte die Woge,
Und hallte wie Donner das Meer,
Und immer noch wachte am Himmel
Der Sterne ewiges Heer.

3. In Westminster

Inmitten der Kapelle
(Der halbverfallnen schon),
Von Edward dem Bekenner,
Steht Englands Königsthron.

Plump ist sein Holz; sein Linnen
Nicht sauber und nicht klar,
Und doch, bei seinem Anblick
Ergriff's mich wunderbar.

Ich schloß mein Aug; im Geiste
Sah ich an seiner Lehn
Den löwenherz'gen Richard,
Und Richard Gloster stehn;

Ich sah die beiden Rosen
An dieser heil'gen Stätt,
Ich sah den achten Heinrich,
Und dich, Elisabeth.

Auf schreckt ich aus dem Traume;
Da saß, zu Spott und Hohn,
Ein Leipz'ger Eisenkrämer
Auf Englands Königsthron.

Er freute sich des Witzes
Und pflegte sein Gebein;
Bei Gott, es kann die Dummheit
Oft recht ironisch sein.

4. In den Docks

Wir kamen von Westminster,
Von William Pitt und Fox;
Voll Spinnweb sind und finster
Die Keller in den Docks.

Bei Lampenflackerscheine
Begann die Bergmannsfahrt;
Da gab es Edelsteine
Gar wunderbarer Art.

Gleich flüssigem Rubine
Sprang aus dem Faß der Port,
Als wir die erste Mine
In seine Wand gebohrt.

Im goldnen Strahle spritzte
– Gleich flüssigem Topas –
Und schimmerte und blitzte
Der Sherry in das Glas.

Wohl schenkte mir kein Teufel
Statt Weines – Flammen ein,
Doch war es sonder Zweifel
Ein rechter Feuerwein.

Wohl war's auch nicht die Hölle,
Die solchen Trank gebraut;
Doch fiel ich über die Schwelle
Und lacht und schwatzte laut.

5. Auf dem Brightoner Kirchhof

Ich stand auf der Höhe des Friedhofs
Und schaute hinaus auf das Meer,
Still unter mir schliefen die Toten,
Laut spielten die Kinder umher.

Und über mir blaute der Himmel,
Es war ein wonniger Tag,
Wo jeder des Lebens sich freuen,
Und's nimmer missen mag.

Und eines der Kinder rief ich,
Und küßt es in stiller Lust,
Und preßte Jugend und Leben
Mit ihm an meine Brust.

6. Rückkehr

Und wieder in die Heimat
Nahm unser Schiff den Lauf,
Und kämpfte sich, stromaufwärts,
Den Elbefluß hinauf.

Die Nacht war still; vom Ufer
Kein Gruß, kein Vivat scholl,
Und doch – mein Herze pochte
So laut, so freudevoll.

Kühl ging die Luft; mir aber,
Mir war so wohl, so warm;
Ich sah ja meine Mutter
Mir öffnen schon den Arm.

AUF DEM STRALAUER KIRCHHOF

24. August 1844

Zu Stralow auf dem Kirchhof,
Da ist kein Trauern heut,
Es grünen um die Wette
Die Gräber und die Freud.

Grabhügel werden zum Lager
Für manches Liebespaar,
Der Rasen wird zum Tische
Für Karten und Würfel gar.

Und wo die schattige Rüster
Ernst auf ein Grab sich senkt,
Ein Grab, darinnen süß träumend
Die Braut des Bräutigams denkt.

»O TRÜBE DIESE TAGE NICHT«

O trübe diese Tage nicht,
Sie sind der letzte Sonnenschein,
Wie lange, und es lischt das Licht
Und unser Winter bricht herein.

Dies ist die Zeit, wo jeder Tag
Viel Tage gilt in seinem Wert,
Weil man's nicht mehr erhoffen mag,
Daß *so* die Stunde wiederkehrt.

Die Flut des Lebens ist dahin,
Es ebbt in seinem Stolz und Reiz,
Und sieh, es schleicht in unsern Sinn
Ein banger, nie gekannter Geiz;

Ein süßer Geiz, der Stunden zählt
Und jede prüft auf ihren Glanz,
O sorge, daß uns keine fehlt,
Und gönn uns jede Stunde *ganz*.

FRAGE NACH DEM GLÜCK

GLÜCK

Sonntagsruhe, Dorfesstille,
Kind und Knecht und Magd sind aus,
Unterm Herde nur die Grille
Musizieret durch das Haus.

Tür und Fenster blieben offen,
Denn es schweigen Luft und Wind,
In uns schweigen Wunsch und Hoffen,
Weil wir ganz im Glücke sind.

Felder rings, – ein Gottessegen
Hügel auf- und niederwärts,
Und auf stillen Gnadenwegen
Stieg auch *uns* er in das Herz.

SONETTE

I

Ein Leben war's, mit Kolben und mit Knütteln
In diesen eitlen Jammer dreinzuschlagen,
Doch hab' ich still ein lästig Joch getragen
Und meiner Pflicht gehorcht und ihren Bütteln.

Jetzt aber, wo an Winters Thron zu rütteln
Voll Lerchenschlag die Frühlingslüfte wagen,
Jetzt will auch ich, und müßt' ich sie zernagen,
Die Ketten alle mutig von mir schütteln.

Ein Lebewohl – kein Fluch euch, meine Dränger;
Ihr seid geschützt vor meines Zorns Ergüssen,
Weil ihr zu klein dem neugebornen Sänger;

Er eilt hinaus, den jungen Lenz zu küssen,
Und kein Gedanke nur gehört euch länger,
Als er euch selber hat ertragen müssen.

2

Nun kann ich wieder wie die Lüfte schweifen,
Am Strom, im Wald aufs neue bei den alten
Geliebten Plätzen Rast und Andacht halten
Und lächelnd nach der Abendröte greifen.

Dem Markte fern, dem Feilschen und dem Keifen,
Fühl' ich der Seele Schwingen sich entfalten;
Mir kehrt die Kraft zurück, mein Denken zu gestalten,
Der Keim wird stark, zur Frucht heranzureifen.

Bald werd' ich neu zu Freud' und Frohsinn taugen;
Schon lern' ich aus des Frühlings heitren Klängen
Wie süßen Nektar Lust am Leben saugen;

Schon lächl' ich wieder, statt den Kopf zu hängen,
Und zwischen mich und deine lieben Augen
Seh' ich sich fürder keine Wolke drängen.

3

Zur Geltung kommt das kläglichste Gelichter!
»Sei Bänkelsänger oder Farbenreiber,

Sei Dorfschulmeister oder Eseltreiber,
Sei, was du willst, gleichviel! Nur sei kein Dichter!«

Verlacht man auch solch Schwatzen geistesschlichter
Gevatterschaft samt ihrer alten Weiber,
's greift doch ins Herz, und einen müßgen Schreiber
Schilt man sich oft als eigner Splitterrichter.

Wenn aber dann nicht *Scham* ob eitlem Ringen
Das heiße Blut ins Antlitz mir getrieben –
Wenn's *Freude* war am Schaffen und Gelingen,

Dann, während Erd' und Erdennot zerstieben,
Fühlt' ich mich stark zu allen höchsten Dingen
Und würdig selbst, *dein* schönes Herz zu lieben.

4

Ich würde mich in Märchenträumen wiegen
Und lerchenfroh begrüßen jeden Morgen,
Könnt' ich den irdischsten der Erdensorgen
Gebieten, sich zu Füßen mir zu schmiegen.

Mir ist, als müßt' ich durch die Lüfte fliegen,
Als würde mir die Freude Flügel borgen,
Vermöcht' ich je, gleich jenem Sankt Georgen,
Die Not – den ew'gen Drachen zu besiegen.

Doch ob das Glück mir auch ein dürrer Bronnen
Und ob ich auch entbehren mag und leiden,
Ich habe doch das beste Teil gewonnen.

Und sollt' ich diese Stunde noch entscheiden
Mich zwischen dir und einer Welt voll Wonnen,
Es bliebe doch beim alten mit uns beiden.

5

Der Pfirsiche Duft – ihr mögt nicht danach greifen,
Ihr schont den Schmelz an jedem bunten Falter;
Ihr werdet nimmer einen frommen Psalter
Als Gassenhauer durch die Straßen schleifen.

Wer aber sah euch je seitabwärts schweifen,
Euch, aller Schönheit Pfleger und Erhalter,
Wenn Duft und Schmelz der Unschuld ihr mit kalter,
Fühlloser Faust vermochtet abzustreifen?

Ich mag beschmutzen keines Tempels Wände;
Ich schaue dich und aller Himmel Segen
Ruf' ich hinab, still faltend meine Hände.

Ich werde nie, verlangend und verwegen,
Ein Herostrat, der Leidenschaften Brände
An deiner schönen Seele Tempel legen.

6

Es hat das Herz viel Tote zu bestatten!
Sie, die gelebt drin und es ganz besessen,
Verrieten's oder lernten's doch vergessen,
Sie wurden kalt, wie heiß geglüht sie hatten.

Die Besten selbst, und ob einst ohn' Ermatten
Ihr Lieben sie verschwendrisch zugemessen,

Längst pflanzt mein Herz an ihrem Grab Zypressen,
Sie leben noch und wurden dennoch – Schatten.

Ein jeder Tag sieht neue Kreuze ragen;
Wohl zuckt das Herz, – doch Manneskraft und Würde
Lehrt immer neu *geduldiges* Entsagen.

Nur sollt' ich je als schwerste Lebensbürde
Auch *dich* hinaus auf jenen Friedhof tragen –
Mein Herze fühlt es, daß es brechen würde.

7

Der Mädchen Herzen hängen an Juwelen;
Mehr als der Dichtung vollste Blütendolde
Sind ihnen Blümchen von getriebnem Golde,
Und wären sie die zartesten der Seelen.

Drum kann ich oft ein Lächeln nicht verhehlen,
Bring' ich dir heute Tristan und Isolde
Und morgen schon verschiedne Tordenskiolde
Und Tag für Tag ein Dutzend Philomelen.

Ich weiß es wohl, dem Flitterstand der Mode,
Und ob ich selber wie ein Pindar schriebe,
Erteilst den Preis du vor der sapph'schen Ode;

Und fluchen könnt' ich meiner Armut, bliebe
Mir nicht Gewißheit: Kleinod der Kleinode
Ist deinem Herzen doch ein Herz voll Liebe.

8

Du zeigst dich mir als jene bald und diese;
Im Spitzenhäubchen bist du Frau vom Hause,
Im Mieder dann nach einer kurzen Pause
Gleichst du des Dorfes schmucker Anneliese.

Bald Bürgermädchen in der Linnen-Priese,
Bald Edelfräulein in der spanschen Krause,
Nahst du dich schließlich wie aus frommer Klause
Verschleiert gar als Schwester Heloise.

Wie willst du, daß dies Maskenspiel ich deute?
Verrieten dir in ihrem Heilgenscheine
Mein frühres Tun vielleicht die frommen Leute;

Und dachtest du: so wird er ganz der Meine!
Ihm bleibt der Wechsel, der ihn sonst erfreute,
Und trotz des Wechsels liebt er doch nur eine?

9

In England war's, – die bräunlichen Gestalten
Von einem Trupp Zigeuner mir zur Seite,
Sie waren bald mein bettelndes Geleite; –
Ich aber nahte lachend mich der Alten.

Sie nahm die Hand, die Linien und Falten,
Und wie sich alles fand und schied und reihte,
Sie sah's und sprach: Dein Glück blüht in der Weite;
Vergeblich forscht' ich, Aufschluß zu erhalten.

Mein Herz, es durfte nicht Geduld erlernen,
Es fand noch jung sein Glück auf deutscher Erde,
Eh es gesucht darnach in allen Fernen.

Wie, oder wär's, daß nie am eignen Herde,
Daß ich vielleicht erst droben bei den Sternen
Mein Glück so ganz mein eigen nennen werde?

VERLOBUNG

Es paßt uns nicht die alte Leier
  In unsren jungen Liebesrausch,
Wir denken und wir fühlen freier,
  Und wollen's auch beim Ringetausch;
Der Treue Pfand, zu dieser Stunde
  Empfang's in perlend-goldnem Wein
Und laß den Ring auf Bechers Grunde
  Dir Sinnbild meines Lebens sein.
Laß übersprudeln mich, und freue
  Der Kraft dich, die da schäumt und gärt,
Denn innen, wie dies Bild der Treue,
  Lebt meine Liebe unversehrt.

WINTERABEND

Da draußen schneit es: Schneegeflimmer
  Wies heute mir den Weg zu dir;
Ein tret ich in dein traulich Zimmer,
  Und warm ans Herze fliegst du mir –
Ab schüttl ich jetzt die Winterflocken,
  Ab schüttl ich hinterdrein die Welt,

Nur leise noch von Schlittenglocken
 Ein ferner Klang herübergellt.

»Nun aber komm, nun laß uns plaudern
 Vom eignen Herd, von Hof und Haus!«
Da baust du lachend, ohne Zaudern,
 Bis unters Dach die Zukunft aus;
Du hängst an meines Zimmers Wände
 All meine Lieblingsschilderein,
Ich seh's und streck danach die Hände,
 Als müß es wahr und wirklich sein.

So flieht des Abends schöne Stunde,
 Vom fernen Turm tönt's Mitternacht,
Die Mutter schläft, in stiller Runde
 Nur noch die Wanduhr pickt und wacht.
Ade, ade! von warmen Lippen
 Ein Kuß noch, – dann in Nacht hinein:
Das Leben lacht, trotz Sturm und Klippen,
 Nur Steurer muß die Liebe sein.

IN HANGEN UND BANGEN

I

Ach, daß ich dich so heiß ersehne,
 Weckt aller Himmel Widerspruch,
Und jede neue bittre Träne
 Macht tiefer nur den Friedensbruch.

Der Götter Ohr ist keinem offen,
 Der sich zergrämt in banger Nacht, –

Komm Herz, wir wollen gar nichts hoffen
Und sehn, ob so das Glück uns lacht.

Vergebnes Mühen, eitles Wollen,
Die Lippe weiß kaum, was sie spricht,
Und, nach wie vor, die Tränen rollen
Mir über Wang und Angesicht.

2

Du holde Fee, mir treu geblieben
Aus Tagen meiner Kinderzeit,
Was hat dich nun verscheucht, vertrieben,
Du stille Herzensheiterkeit?

Leicht trugst du, wie mit Wunderhänden,
Mich über Gram und Sorge fort,
Und selbst aus nackten Felsenwänden
Rief Quellen mir dein Zauberwort.

Du, Trostesreichste mir vor allen,
Kehr neu-beflügelt bei mir ein
Und laß dein Lächeln wieder fallen
Auf meinen Pfad wie Vollmondschein.

3

»*Vertrauen,* schönster Stein in Königskronen,
Du Mutter aller Liebe, und ihr Kind,
Du einzig Pfühl, auf dem wir sorglos schlummern,
Ich rufe dich, kehr wieder in dies Herz!
Es gibt kein Glück, wo du den Rücken wandtest,
Es gibt kein Unglück, lächelst du aufs neu;

Laß kämpfen mich in deinem Spruch und Zeichen,
Und wieder wird das Leben mir zum Sieg.«

4

Storch und Schwalbe sind gekommen,
Veilchen auch, die blauen frommen
Frühlingsaugen, grüßen mich;
Aber hin an Lenz und Leben
Zieh in Bangen ich und Beben –
  Um dich.

Ach, um dich! und doch, ich fühle,
Träte jetzt die Todeskühle
An mein Herz, und riefe mich,
Wie ein Kind dann, unter Jammern
Würd ich mich ans Leben klammern –
  Um dich.

5

Zerstoben sind die Wolkenmassen,
  Die Morgensonn ins Fenster scheint:
Nun kann ich wieder mal nicht fassen,
  Daß ich die Nacht hindurch geweint.

Dahin ist alles, was mich drückte,
  Das Aug ist klar, der Sinn ist frei,
Und was nur je mein Herz entzückte,
  Tanzt wieder, lachend, mir vorbei.

Es grüßt, es nickt; ich steh betroffen,
  Geblendet schier vor all dem Licht:

Das alte, liebe, böse Hoffen –
Die Seele läßt es einmal nicht.

UNTERWEGS UND WIEDER DAHEIM

1

Erst Münchner Bräu aus vollen Krügen,
Die Deckel klappten wie ein Reim,
Dann Neckarwein in vollen Zügen
Und endlich Rot von Ingelheim.

Und all die Zeit kein regentrüber
Verlorner Tag, kein nasser Schuh,
Die Bilder zogen uns vorüber,
Wir taten nichts als schauten zu.

Und graue Dome, bunte Fresken
Und Marmor reichten sich die Hand,
Und weinblattdunkle Arabesken
Zog drum das Rhein- und Schwabenland.

2

Mit achtzehn Jahr und roten Wangen
Da sei's, da wandre nach Paris,
Wenn noch kein tieferes Verlangen
Sich dir ins Herze niederließ;

Wenn unser Bestes: Lieb und Treue,
Du nicht begehrst und nicht vermiß'st,
Und all das wechselvolle Neue
Noch deine höchste Gottheit ist.

Mir sind dahin die leichten Zeiten,
Es läßt mich nüchtern, läßt mich kalt,
Ich bin für diese Herrlichkeiten
Vielleicht zu deutsch, gewiß – zu alt.

3

Und wieder hier draußen ein neues Jahr, –
Was werden die Tage bringen?!
Wird's werden, wie es immer war,
Halb scheitern, halb gelingen?

Wird's fördern das, worauf ich gebaut,
Oder vollends es verderben?
Gleichviel was es im Kessel braut,
Nur wünsch ich nicht zu sterben.

Ich möchte noch wieder im Vaterland
Die Gläser klingen lassen,
Und wieder noch des Freundes Hand
Im Einverständnis fassen.

Ich möchte noch wirken und schaffen und tun
Und atmen eine Weile,
Denn um im Grabe auszuruhn,
Hat's nimmer Not noch Eile.

Ich möchte leben, bis all dies Glühn
Rückläßt einen leuchtenden Funken
Und nicht vergeht wie die Flamm im Kamin,
Die eben zu Asche gesunken.

4

Ich bin hinauf, hinab gezogen,
Und suchte Glück und sucht es weit,
Es hat mein Suchen mich betrogen,
Und was ich fand, war Einsamkeit.

Ich hörte, wie das Leben lärmte,
Ich sah sein tausendfarbig Licht,
Es war kein Licht, das mich erwärmte,
Und echtes Leben war es nicht.

Und endlich bin ich heimgegangen
Zu alter Stell und alter Lieb,
Und von mir ab fiel das Verlangen,
Das einst mich in die Ferne trieb.

Die Welt, die fremde, lohnt mit Kränkung,
Was sich, umwerbend, ihr gesellt;
Das Haus, die Heimat, die Beschränkung,
Die sind das Glück und sind die Welt.

SPRÜCHE

I

Nicht Glückes-bar sind deine Lenze,
  Du forderst nur des Glücks zu viel;
Gib deinem Wunsche Maß und Grenze,
  Und dir entgegen kommt das Ziel.

Wie dumpfes Unkraut laß vermodern,
  Was in dir noch des Glaubens ist:

Du hättest doppelt einzufodern
Des Lebens Glück, weil *du* es bist.

Das Glück, kein Reiter wird's erjagen,
Es ist nicht dort, es ist nicht hier;
Lern überwinden, lern entsagen,
Und ungeahnt erblüht es dir.

2

Laß ab von diesem Zweifel, Klauben,
Vor dem das Beste selbst zerfällt,
Und wahre dir den vollen Glauben
An diese Welt *trotz* dieser Welt.

Schau hin auf eines Weibes Züge,
Das lächelnd auf den Säugling blickt,
Und fühl's, es ist nicht alles Lüge,
Was uns das Leben bringt und schickt.

Und Herze, willst du ganz genesen,
Sei selber wahr, sei selber rein!
Was wir in Welt und Menschen lesen,
Ist nur der eigne Widerschein.

3

Sag an: »Es fällt von deinem Haupte
Kein Haar, von welchem Gott nicht weiß« –
Und was der Tag uns Größres raubte,
Das fiele nicht auf sein Geheiß?!

Trag es, wenn seinen Schnee der Winter
In unser Hoffen niederstiebt,
Ein ganzer Frühling lacht dahinter:
Gott züchtigt immer, wen er liebt.

Laß in dem Leid, das er beschieden,
Den Keim uns künft'gen Glückes schaun,
Dann kam der Tag, wo Freud und Frieden
In unsrem Herzen Hütten baun.

4

Es kann die Ehre dieser Welt
Dir keine Ehre geben,
Was dich in Wahrheit hebt und hält,
Muß in dir selber leben.

Wenn's deinem Innersten gebricht
An echten Stolzes Stütze,
Ob dann die Welt dir Beifall spricht,
Ist all dir wenig nütze.

Das flücht'ge Lob, des Tages Ruhm
Magst du dem Eitlen gönnen;
Das aber sei dein Heiligtum:
Vor *dir* bestehen können.

5

Beutst du dem Geiste seine Nahrung,
So laß nicht darben dein Gemüt,
Des Lebens höchste Offenbarung
Doch immer aus dem Herzen blüht.

Ein Gruß aus frischer Knabenkehle,
Ja mehr noch, eines Kindes Lalln,
Kann leuchtender in deine Seele
Wie Weisheit aller Weisen falln.

Erst unter Kuß und Spiel und Scherzen
Erkennst du *ganz*, was Leben heißt;
O lerne denken mit dem Herzen,
Und lerne fühlen mit dem Geist.

6

Du wirst es nie zu Tücht'gem bringen
Bei deines Grames Träumerein,
Die Tränen lassen nichts gelingen,
Wer schaffen will, muß fröhlich sein.

Wohl Keime wecken mag der Regen,
Der in die Scholle niederbricht,
Doch golden Korn und Erntesegen
Reift nur heran bei Sonnenlicht.

7

Tritt ein für deines Herzens Meinung
Und fürchte nicht der Feinde Spott,
Bekämpfe mutig die Verneinung
So du den Glauben hast an Gott.

Wie Luther einst, in festem Sinnen,
So sprich auch du zu Gottes Ehr,
»Ich geh nach Worms, und ob da drinnen
Jedweder Stein ein Teufel wär!«

Und peitscht dich dann der Witz mit Ruten,
Und haßt man dich, – o laß, o laß!
Mehr noch als Liebe aller Guten
Gilt aller Bösen Hohn und Haß.

8

Die Menschen lassen vieles gelten:
Vor allem lieben sie dich *stumm*:
Doch willst du klagen, willst du schelten, –
Auch das, man kümmert sich nicht drum.

Nur, willst du rasch die Gunst verscherzen,
So zeig ein Fünkchen Seligkeit, –
Man wünscht dir Glück »von ganzem Herzen«
Und birst vor rückgestautem Neid.

9

Es äfft dich nur dies Rennen, Traben
Nach golden mußevoller Zeit,
Wenn du die Ruhe glaubst zu haben,
Dann eben ist sie doppelt weit.

Auf weichem Pfühl, auf samtnen Kissen,
Wenn du sie hältst, wenn du sie hast,
Wirst du die Holde mehr vermissen
Als in des Tages Druck und Last.

All Labsal, was uns hier beschieden,
Fällt nur in Kampf und Streit uns zu,
Nur in der Arbeit wohnt der Frieden
Und in der Mühe wohnt die Ruh.

10

Man wird nicht besser mit den Jahren,
Wie sollt es auch, man wird bequem
Und bringt, um sich die Reu zu sparen,
Die Fehler all in ein System.

Das gibt dann eine glatte Fläche,
Man gleitet unbehindert fort,
Und »allgemeine Menschenschwäche«
Wird unser Trost- und Losungswort.

Die Fragen alle sind erledigt,
Das eine geht, das andre nicht,
Nur manchmal eine stumme Predigt
Hält uns der Kinder Angesicht.

11

Du darfst mißmutig nicht verzagen,
In Liebe nicht noch im Gesang,
Wenn mal ein allzu kühnes Wagen,
Ein Wurf im Wettspiel dir mißlang.

Wes Fuß wär niemals fehlgesprungen?
Wer lief nicht irr auf seinem Lauf?
Blick hin auf das, was dir gelungen,
Und richte so dich wieder auf.

Vorüber ziehn die trüben Wetter,
Es lacht aufs neu der Sonne Glanz,
Und ob verwehn die *welken* Blätter,
Die *frischen* schlingen sich zum Kranz.

DER ALTE MUSIKANT
(Aus einer Novelle)

Jung, in den hohen Spielmannsorden
Trat ein ich, weil es mir gefiel,
Nun »alter Musikant« geworden,
Zieh ich umher mit meinem Spiel.

Um schweift mein Aug, um geht der Teller,
Ein Scherflein, zögernd, fällt hinein,
Ich nehme meinen Beifalls-Heller
Und muß es noch zufrieden sein.

Ach, hingeschwundne junge Tage,
Nie wieder kehrt ihr mir zurück, –
Und doch an Frau Fortunas Schlage,
So fruchtlos Bitten auch und Klage,
Harr ich noch immer auf mein Glück.

TROST

Tröste dich, die Stunden eilen,
Und was all dich drücken mag,
Auch das Schlimmste kann nicht weilen,
Und es kommt ein andrer Tag.

In dem ew'gen Kommen, Schwinden,
Wie der Schmerz liegt auch das Glück,
Und auch heitre Bilder finden
Ihren Weg zu dir zurück.

Harre, hoffe. Nicht vergebens
Zählest du der Stunden Schlag,
Wechsel ist das Los des Lebens
Und – es kommt ein andrer Tag.

ABER WIR LASSEN ES ANDERE MACHEN

Ein Chinese ('s sind schon an 200 Jahr)
In Frankreich auf einem Hofball war.
Und die einen frugen ihn: ob er das kenne?
Und die andern frugen ihn: wie man es nenne?
»Wir nennen es tanzen«, sprach er mit Lachen,
»Aber wir lassen es *andere* machen.«

Und dieses Wort, seit langer Frist,
Mir immer in Erinnerung ist.
Ich seh das Rennen, ich seh das Jagen,
Und wenn mich die Menschen umdrängen und fragen,
»Was tust du nicht mit? Warum stehst du bei Seit?«
So sag ich: »Alles hat seine Zeit.
Auch die Jagd nach dem Glück. All derlei Sachen,
Ich lasse sie längst durch andere machen.«

AN EMILIE

(Bei Überreichung einer Rose)

Am Rheine geht die fromme Sage
Von einer Rose – längst verblüht,
Die nur am ersten Weihnachtstage
In aller Herrlichkeit erglüht. –

Wie dieser Tag, an dem die Liebe
Zur Erde einst herniederstieg,
Der Ros erwecket frische Triebe,
Dem Tod entreißend seinen Sieg;

So hat auch eine tote Rose
Der heut'ge Tag in mir erweckt;
Ich pflückte dir die dornenlose,
Dir sei sie an die Brust gesteckt.

LIED EINES AUSGEWANDERTEN

Im Westen geht die Sonne scheiden,
Und dunkel wird es, wie mein Sinn;
Ein Tag, wie immer reich an Leiden,
Und reich an Sehnsucht, schwand dahin.

Ich habe seit der Abschiedsstunde
Kein deutsches Antlitz mehr erblickt,
Und habe recht aus Herzensgrunde
Noch keine deutsche Hand gedrückt.

Die Tage und die Jahre bringen
Mir nur das eigne, deutsche Lied,
Und wer mich hört die Lieder singen,
Auch Tränen wohl im Auge sieht.

Ich bin von alledem geschieden,
Was meinem Herzen lieb und wert,
Und meiner Seele Ruh und Frieden
Wohl nimmer, nimmer wiederkehrt.

Und doch, ich gebe meine Wunden
Nicht um der Heimat Glück dahin; –
Das Kleinod hab ich *hier* gefunden,
Um das ich *dort* geschieden bin.

Und wie mein Herz von dannen trachtet,
Und nach der Heimat süßem Glück,
Nach Freundschaft und nach Liebe schmachtet; –
Die *Freiheit* hält mich doch zurück.

KREATÜRLICHES

DER KRANICH

Rauh ging der Wind, der Regen troff,
Schon war ich naß und kalt;
Ich macht auf einem Bauerhof
Im Schutz des Zaunes Halt.

Mit abgestutzten Flügeln schritt
Ein Kranich drin umher,
Nur seine Sehnsucht trug ihn mit
Den Brüdern übers Meer;

Mit seinen Brüdern, deren Zug
Jetzt hoch in Lüften stockt,
Und deren Schrei auch ihn zum Flug
In fernen Süden lockt.

Und sieh, er hat sich aufgerafft,
Es gilt erneutes Glück;
Umsonst, der Schwinge fehlt die Kraft
Und ach, er sinkt zurück.

Und Huhn und Hahn und Hühnchen auch
Umgackern ihn voll Freud; –
Das ist so alter Hühner-Brauch
Bei eines Kranichs Leid.

DIE ZWEI RABEN

Ich ging übers Heidemoor allein,
Da hört' ich zwei Raben kreischen und schrei'n;
Der eine rief dem andern zu:
»Wo machen wir Mittag, ich und du?«

»Im Walde drüben liegt unbewacht
Ein erschlagener Ritter seit heute nacht,
Und niemand sah ihn im Waldesgrund
Als sein Lieb und sein Falke und sein Hund.

Sein Hund auf neuer Fährte geht,
Sein Falk auf frische Beute späht,
Sein Lieb ist mit ihrem Buhlen fort –
Wir können speisen in Ruhe dort.

Du setzest auf seinen Nacken dich,
Seine blauen Augen, die sind für mich,
Eine goldene Locke aus seinem Haar
Soll wärmen das Nest uns nächstes Jahr.

Manch einer wird sprechen: ich hatt' ihn lieb!
Doch keiner wird wissen, wo er blieb,
Und hingehn über sein bleich Gebein
Wird Wind und Regen und Sonnenschein.«

DER KRANKE

Die Natur ist auferstanden;
Frühling hat die weite Welt
Freigemacht aus Todesbanden,

Daß auch sie die Ostern hält;
Aus dem Sonnenherzen sprießet
Wieder neue Lebensglut,
Durch der Erde Adern fließet
Wieder Bach- und Stromesblut.

In des Auges blauem Himmel
Spiegelt sich der Erde Glück,
Und der Vögel bunt Gewimmel
Gibt die Sprache ihr zurück;
Wenn sie atmet, weht's wie Düften
Jener Rosen durch das Land,
Die sich schlingen um die Hüften
Ihr – ein purpurn Gürtelband.

Frühling ist's! und süße Triebe
Sprießen in der ganzen Welt;
Frühling ist es, wo die Liebe
Ihren Siegeseinzug hält;
Frühling ist's, der schwachen Kranken
Seiner Liebe Grüße schickt,
Wenn am Fenster – Epheuranken,
Und die Schwalbe daran pickt.

Einem solchen bringt die Sonne
Heut des Frühlings Liebesstrahl,
Und des Daseins süße Wonne
Fühlt der Kranke noch einmal;
Und die Lust, die er empfunden,
Treibt ihn, im Gebet zu flehn:
»Gott, o laß mich doch gesunden
Und den lieben Frühling sehn!«

Sieh, da wölbt das enge Zimmer
Plötzlich sich zum Himmelsdom,
Und der Mond, im Silberschimmer,
Schwimmt auf dem azurnen Strom,
Um den Kranken blüht ein Garten,
Drinnen Blumen überall,
Sylphen, Elfen – sein zu warten –
Und das Lied der Nachtigall.

Und die Blumen und die Elfen
Duften, singen all ihm zu:
»Kranker Knabe, dir zu helfen,
Braucht es tiefer, tiefer Ruh;
Siehst du dort den Baum des Lebens? –
Wer dort schlummert eine Nacht,
Nimmer hoffte der vergebens,
Daß gesund er auferwacht.«

Immer lauter hört er's mahnen,
Er empfindet – wie im Traum –
Eines höhern Daseins Ahnen,
Und er eilt zum Wunderbaum.
Ruhend sanft in seinem Schatten,
Um ihn her des Frühlings Reich, –
Sah'n die Seinen ihn ermatten,
Bis die Lippen todesbleich.

WISSEN UND WÄHNEN

Hoch oben in des Lichtes Sphäre
Hat sich der Aar hinaufgesehnt,
Und nun erbebt er vor der Leere,
Die endlos ihm entgegengähnt.

Er seufzt, daß er den Dämmerungen
Der Erde nun so fern, so weit,
Daß er zum Licht emporgedrungen
Nur um den Preis der Einsamkeit. –

Tief unten schließt des Käfigs Riegel
Ein Vöglein in sein Bauer ein;
Er ist allein; und doch der Spiegel
Macht glauben ihn, er sei zu zwein.

Und wenn er grüßt, so grüßt es wieder
Vom Spiegel drüben alsobald,
Der Nachhall seiner eignen Lieder
Wie Antwort ihm des andern schallt.

Sie sind sein Glück, die lieben Züge,
Ein Glück, wie's ihm kein zweites gibt,
Und doch ist's nichts als Schein und Lüge,
Und Täuschung alles, was er liebt.

Oh, Menschenlos! im Lichtgefilde
Der Aar am tiefsten Leben krank;
Und Vöglein vor dem Spiegelbilde,
So voller Lust, so voller Dank.

MÜCKEN-TROST

Im Sturm, im Sturm, wenn Leben wieder
Sich in den Lüften mächtig regt,
Verhallt es selbst, – wenn das Gefieder
Des Adlers volle Takte schlägt.

Doch wenn in tiefen Waldeswirren
Des Lüftchens letzter Hauch erstirbt,
Da hört man's, wenn die *Mücken* schwirren
Und wenn im Gras das Heimchen zirpt.

DAS GEFANGENE VÖGLEIN

Es flog ein Vöglein durch die Luft,
Sang heitre Melodien,
Es labte ihn der Blumen Duft,
Der Wiesen frisches Grün.

Ihn quält kein Weh, ihn drückt kein Schmerz,
Die gütige Natur,
Sie preßt ihn an ihr Mutterherz
Im Wald, wie auf der Flur.

Bald war des Vögleins Lust dahin,
Sein Nest ward ihm zu schlecht,
Nach höh'ren Dingen stand sein Sinn,
Es fühlte sich nicht recht.

Und wie es so die Luft durcheilt,
Da sieht's ein Häuschen stehn,

Worin ein Vogelsteller weilt;
Das scheint ihm gar zu schön.

Es sagt alsbald dem kleinen Nest,
Selbst der Natur ade,
Vom Finkner es sich fangen läßt,
Nicht ahnend künft'ges Weh.

Doch ach, kaum war der arme Tropf
Recht zierlich eingesperrt,
So hing er traurig schon den Kopf
Von Sehnsuchtsschmerz verzehrt.

IM WALDE

Der Wald wird immer dichter, und dunkler wird die Nacht;
»Was bäumst du dich, mein Rappe, was hat dich scheu gemacht?
Du siehst wohl rings am Wege die Trauerweiden stehn
Und ahnst, daß in dem Walde gar Arges schon geschehn!«

Wie schaurig Geisterklänge durch alle Gipfel ziehn,
Gespenstisch Riesenschatten an mir vorüberfliehn,
Die alten Föhren starren mich düstren Blickes an
Und wehren mit den Armen mir späten Reitersmann.

Doch mit geschärften Sinnen trabt Roß und Reiter fort,
Und düstrer wird's und stiller rings an dem Schreckensort;
Da plötzlich hellt das Dunkel des Mondes blasser Schein,
Da stört die Grabesstille des Birkhuhns heisres Schrein.

Mein Auge schließt sich krampfhaft, mein Blut erstarrt zu Eis,
Das Blut des Rappen rieselt aus Sporenwunden heiß,
So jag ich, bis der Morgen die düstre Nacht gebleicht,
Bis ich den Rettungshafen, des Waldes Saum, erreicht.

IN GESELLSCHAFT

AUS DER GESELLSCHAFT

1. Hoffest

Erst kommt der Zar, der Herr aller Reußen,
Dann kommt das offizielle Preußen.

Im Weißen Saal, unter der Gittervergildung,
Eben beginnt die Gruppenbildung:
Geheimeräte, nach Regel und Normen,
In Fracks, in Orden, in Staatsuniformen.

Deinem besten Freunde, so rat ich dir gern,
An *solchem* Tage bleib ihm fern,
Er kennt dich, ach, und kennt dich nicht,
Ein eignes Lächeln umschwebt sein Gesicht,
Serên und ernst und verlegen zugleich,
Heut ist er Preußen, heut ist er das Reich.

Deinem besten Freunde, so rat ich dir gern,
An *solchem* Tage bleib ihm fern,
Er stellt dich vor, doch du wirst's nicht froh,
Alles spöttisch und nur soso:
»Sie kennen ja unsren berühmten Sänger«,
Alle Gesichter werden länger.

So geht es weiter, dir wenig nach Wunsch,
Bis er endlich kommt – der Fastnachtspunsch,
Pfannkuchen und Punsch, und sieh, im Gemüte,
Blüht wieder auf die Menschenblüte,
Gemeinschaftlich und fidel und munter
Geht's schließlich die Wendeltreppe hinunter,

Und unten heißt's wie vor dreißig Jahren:
»Willst du nicht mit mir nach Hause fahren?«

2. Der Subalterne

»Immer Achselzucken (es ist zum Lachen),
Und doch sind *wir* es, die es machen.

Das bißchen Deutschland zusammenzuschweißen,
Das lag in der Zeit, das will nicht viel heißen –
Und Sedan? Nach links und rechts zu schwenken,
Ist auch nichts Gefährlichs auszudenken.

Ich bin nicht für Ruhm, ich bin nicht für Ehr,
Es ist mit alledem nicht weit her,
Und es wär mir ein leichtes, mich drin zu finden,
Wär nicht die Frau, – *die* kann's nicht verwinden.«

So hieß es um Weihnacht. Am Ordensfest
Sprang um der Wind von Ost nach West,
Der Glauben an Gottes Gnad und Güte
Schlug wieder Wurzel in seinem Gemüte.
Wie's blinkt, wie's schillert! Er strahlt, er bebt.
»Ich habe nicht umsonst gelebt.«

3. Der Sommer- und Winter-Geheimrat

Um die Sommerzeit sind sie wie andre Menschen
Aus Schwiebus, Reppen oder Bentschen.

Zumal in Bädern, in Ostseefrischen
Sitzt man mit ihnen an selben Tischen,
Und sind auch verschieden der Menschheit Lose,

Gleichmacherisch wirkt die Badehose,
Der alte Adam mit seinen Gebrechen
Läßt manches schweigen und manches sprechen.
Am Spill wurde gestern ein Seehund geschossen,
Zu drängen sich alle Strandgenossen;
Man will ein Kinderhospiz errichten,
»Sie könnten einen Prolog uns dichten.«
Allgemeines heitres Sich-Anbequemen,
Ein Unterschied ist nicht wahrzunehmen.

So der Sommer; er hat sein Bestes getan,
Aber nun bricht der Winter an.

Beim Botschafter S. ist Gala-Fête,
Dein Spill-Freund ist mit an der Tête,
Noch schützt dich die bergende Fensternische,
Jetzt aber gilt es, jetzt geht es zu Tische,
Du sitzt vis-à-vis ihm, es trifft dich sein Gruß,
Davor dein Herz ersteinen muß.
Es wundert sein Chef sich, sein Kollege,
Die Badebekanntschaft ist plötzlich im Wege,
Von dem, mit dem du den Seehund umstanden,
Von dem »sommerlichen« ist nichts mehr vorhanden,
Statt seiner der »winterliche« ... Du frierst.
Suche, daß du dich rasch verlierst.

4. Auf dem Matthäikirchhof

Alltags mit den Offiziellen
Weiß ich mich immer gut zu stellen,
Aber feiertags was Fremdes sie haben,
Besonders wenn sie wen begraben,
Dann treten sie (drüber ist kaum zu streiten)

Mit einem Mal in die Feierlichkeiten.
Man ist nicht Null, nicht geradezu Luft,
Aber es gähnt doch eine Kluft,
Und das ist die Kunst, die Meisterschaft eben,
Dieser Kluft das rechte Maß zu geben.
Nicht zu breit und nicht zu schmal,
Sich flüchtig begegnen, ein-, zwei-, dreimal,
Und verbietet sich solch Vorüberschieben,
Dann ist der Gesprächsgang vorgeschrieben:
»Anheimelnder Kirchhof … beinah ein Garten …
Der Prediger läßt heute lange warten«,
Oder: »Der Tote, hat er Erben?
Es ist erstaunlich, wie viele jetzt sterben.«

5. Kirchenumbau
(Bei modernem Gutswechsel)

Spricht der Polier: »Nu bloß noch das eine:
Herr Schultze, wohin mit die Leichensteine?
Die meisten, wenn recht ich gelesen habe,
Waren alte Nonnen aus ›Heiligen Grabe‹.«

»Und Ritter?«

»Nu Ritter, ein Stücker sieben,
Ich hab ihre Namens aufgeschrieben,
Bloß, wo sie gestanden, da sind ja nu Löcher:
1 Bredow, 1 Ribbeck, 2 Rohr, 3 Kröcher,
Wo solln wir mit hin? wo soll ich sie stelln?«

»Stellen? Nu gar nich. Das gibt gute Schwelln,
Schwellen für Stall und Stuterei,
Da freun sich die Junkers noch dabei.«

»Und denn, Herr Schultze, dicht überm Altar
Noch so was vergoldigt Kattolsches war,
Maria mit Christkind ... Es war doch ein Jammer.«

»Versteht sich. In die Rumpelkammer!«

6. *Wie man's machen muß*

Zwei- oder dreimal mußt er vors Messer,
Dann war er durch und ein Durchschnittsassesser.

Im übrigen war er ein Pfiffikus:
»Eine Spezialität man wählen muß.«

Und endlich hat er sich entschieden:
»Das Durchfahrtsrecht in Krieg und Frieden.«

Er las dreiunddreißig fremde Werke,
Broschüren wurden seine Stärke.

Traten dann Konferenzen zusammen,
Und stand der Streit in hellen Flammen,

Und kam's, daß man keinen Ausweg sah,
So hieß es: »Ist kein Dalberg da?

Warum uns zanken, quälen, schlagen,
Assessor Null wird uns alles sagen.«

Und wirklich, Null wird zugezogen,
Es legen sofort sich des Streites Wogen.

Ein Titel schreitet jetzt vor ihm her,
Null ist schon lange Null nicht mehr.

Jüngstens empfing er den siebenten Orden,
Ist aber drum nicht schöner geworden.

7. Erfolganbeter

Nie hab ich ein dummeres Stück gelesen.
»Das Haus ist ausverkauft gewesen.«

Farbe, Linien, alles verschwommen.
»Die Jury hat es angenommen.«

Ein Skandal ist seine Art, zu leben.
»Der Botschafter hat ihm ein Fest gegeben.«

Glauben Sie mir: er ist ein Kujon.
»Hat aber eine Taler-Million.«

8. Such nicht, wie's eigentlich gewesen

Such nicht, wie's eigentlich gewesen,
Wolle nicht in den Herzen lesen.

Sieht's freundlich aus, nimm's freundlich an,
Nimm den Biedertuer als Biedermann.

Alle Flügelmänner auf Sammellisten,
Nimm sie hin als Musterchristen.

Wenn sie nur *geben* beim Liebeverkünden,
Forsche nicht nach den letzten Gründen.

9. Nur nicht loben

Schreibt wer in Deutschland historische Stücke,
So steht er auf der Schiller-Brücke.

Macht er den Helden zugleich zum Damöte,
So heißt es: Egmont, siehe Goethe.

Schildert er Juden, ernst oder witzig,
Ist es Schmock oder Veitel Itzig.

Schildert er einige hübsche Damen,
Heißt es: Dumas … Ehebruchsdramen.

Jeder Einfall, statt ihn zu loben,
Wird einem andern zugeschoben.

Ein Glück, so hab ich oft gedacht,
Daß Zola keine Balladen gemacht.

UNSERE »DEUTSCHE FRAU«

Hierlandes ist unsre »deutsche Frau«
Noch immer aus Friesack oder Bernau,
Nur dem Kleinen gilt ihre Respektsbezeigung,
Aus Not nicht, nein, aus purer Neigung,
Uralte Themen uralter Epochen
Werden am liebsten durchgesprochen:
Die Küche, die Wäsche, die Wohnung – und dann
(Unerschöpfliches Thema) »mein Mann, mein Mann«.

»Mein Mann ist eigentlich viel zu gut,
Und kommt er mal gegen mich in Wut,
Ist es immer bloß wegen der dummen Dinger,
Denen sieht er alles durch die Finger;
Eine Vierzehnjährige nennt er ›Sie‹,
Mittwochs hat er Skatpartie.
Da würd ich nun gern ins Theater gehn,
Aber, am Ende, was soll man sehn?
›Sodoms Ende‹ gilt ja für unmoralisch,
Schiller ist mir zu theatralisch
Und macht immer schöne Worte nur, –
Das Beste bleibt doch freie Natur:

Am Großen Stern auf den Kaiser warten,
Konzert im Zoologischen Garten,
Flamingo, Büffel, Pelikan,
Und abends (zum Spargel) kommt ›mein Mann‹
Und Rudolf auch und die Zeit vergeht
Und der liebe Mond am Himmel steht.«

BRUNNENPROMENADE

Als ich ankam, Johannistag war grade,
Gleich ging ich auf die Brunnenpromnade,
Kaum wollt ich meinen Augen traun,
So viel des Herrlichen war da zu schaun,
Eine lange Reihe der schönsten Damen,
Wer zählt die Völker, wer nennt die Namen!

Eine ganz Teint und Taille war,
Aschblond das schlicht gescheitelte Haar,
Blendende Zähne, feines Kinn,

Typus einer Engländerin,
Aber solcher, die palankin-überdacht
Weit draußen ihre Tage verbracht,
In Hongkong oder Singapur
(Ihr Diener Malaie halb, halb Mohr),
Und neben ihr plaudert ein junger Lord
Von Lachsfang im Stavanger-Fjord,
Alles albionmäßig abgestempelt,
Die Beinkleider unten umgekrempelt.

Es plätschert der Springbrunn', es duften die Blumen,
Fremd blicken die Bonnen und Kindermuhmen,
Noch fremder die Ammen; die Badekapelle
Spielt eben eine Wagnerstelle,
Lohengrin-Arie, jetzt laut, jetzt leis,
Die Damen schließen einen Kreis,
Und in den Kreis, auf den Schlag des Gong,
Tritt jetzt die Schönheit der Saison.
Ihr Aug ist wie getaucht in Glut,
Rot ist ihr Kleid und rot ihr Hut,
Ein Hut, wie die Kirchenfürsten ihn tragen,
Breitkrempig, ein Schleier umgeschlagen,
Der Schleier *auch* rot, – am Arme Koralln,
Rot alles, worauf die Blicke falln,
Eine Römerin (flüstert man) soll es sein,
Andre sagen: aus Frankfurt am Main.

Und herwärts wogt es und wieder zurück,
Auf Wagner folgt ein ungrisch Stück,
Ein Czardas, und auf dem bewässerten Rasen
Blitzt es wie von Goldtopasen;
Überirdisch, ein paradiesisch Revier,
Und die Frage kommt mir: »Was willst *du* hier?«

Eine Freiin grüßt mich … doch, wer sie nicht kennte,
Die Macht der höheren Elemente!

Nun ist die erste Woche dahin,
Verändert schon fühl ich Herz und Sinn,
Und eh eine zweite Woche vergangen,
Ist es nahzu vorbei mit meinem Bangen;
Mummenschanz alles und Fastnachtsorden,
Selbst der rote Hut ist mir komisch geworden,
Ob aus Rom oder Frankfurt, – ich seh in Ruh
Jetzt lieber dem Paukenschläger zu,
Der kränklich und mürrisch und doch begeistert
Auch Becken noch und Triangel meistert,
Zu Schemen ist plötzlich alles verschwommen,
Ich bin wieder zu mir selbst gekommen,
Und während mir Scheuheit und Demut entschlummern
Zähl ich mich zu den »besseren Nummern«.

ZEITWERTE UND GESCHICHTSWELT

ÜBERLASS ES DER ZEIT

Erscheint dir etwas unerhört,
Bist du tiefsten Herzens empört,
Bäume nicht auf, versuch's nicht mit Streit,
Berühr es nicht, überlaß es der Zeit.
Am ersten Tag wirst du feige dich schelten,
Am zweiten läßt du dein Schweigen schon gelten,
Am dritten hast du's überwunden,
Alles ist wichtig nur auf Stunden,
Ärger ist Zehrer und Lebensvergifter,
Zeit ist Balsam und Friedensstifter.

ÜBER EIN WEILCHEN

Wohl im Zeichen des Verkehrs
Stehen die modernen Zeiten,
Aber auch in dem des Heers
Und in dem der Plötzlichkeiten.

Gestern noch ein frischer Mann,
Heute noch in Sicherheiten,
Morgen tritt Lucanus an,
Ach, wie schnell die Toten reiten.

Selbst der neuste Ritter Götz
Wird sich Dauer nicht erstreiten,
Und wohl auch für Herrn von Plötz
Kommen plötzlich Plötzlichkeiten.

ES KRIBBELT UND WIBBELT WEITER

Die Flut steigt bis an den Ararat
Und es hilft keine Rettungsleiter,
Da bringt die Taube Zweig und Blatt –
Und es kribbelt und wibbelt weiter.

Es sicheln und mähen von Ost nach West
Die apokalyptischen Reiter,
Aber ob Hunger, ob Krieg, ob Pest,
Es kribbelt und wibbelt weiter.

Ein Gott wird gekreuzigt auf Golgatha,
Es brennen Millionen Scheiter,
Märtyrer hier und Hexen da,
Doch es kribbelt und wibbelt weiter.

So banne dein Ich in dich zurück
Und ergib dich und sei heiter;
Was liegt an dir und deinem Glück?
Es kribbelt und wibbelt weiter.

KÖNIG KARL DER ZWEITE VON ENGELLAND

König Karl der Zweite von Engelland
Bei Mit- und Nachwelt in Ungunst stand;
In jedem Geschichtsbuch ist zu lesen,
Er sei durchaus vom Übel gewesen
Und habe das denkbar Schlimmste verbrochen:
Nie was Kluges getan, nie was Dummes gesprochen.

Ach König Karl von Engelland,
Einen kenn ich, der hebt für dich die Hand,
Einen kenn ich, der sich zu sagen erdreistet,
Du hast das denkbar Größte geleistet.
Denn immer zu tun, was klug und weise,
Wie sehr ich diese Kunst auch preise,
Sie muß ihr Auge doch niederschlagen
Vor der höheren Kunst, nie was Dummes zu sagen.

IN MEMORIAM NICOLAI

Verhaßt ist mir alle Philisterei,
Weiß mich auch leidlich davon frei,
Nur den unbedingten Begeistrungsschritt
In Sachen der Kunst, den mach ich nicht mit, –
Hab ich's zu kalt oder hab ich's zu heiß,
So fühl ich: auch Kunst hat ihren Preis.

Italien, … das Auge wird mir hell …
Bellin, Giorgione, Raffael,
Aber wenn ich durch schreckensvolle Nächte
Gekämpft mit dem Heerwurm höllischer Mächte,
Kann ich am Morgen, um anzubeten,
Nicht weihevoll vor die »Assunta« treten,
Dann schweigen in mir alle höhren Register,
Nicolai werd ich und Urphilister,
Und tiefer als in das Grab des Busento
Versinkt mir das ganze Cinque Cento.

GESCHICHTSSCHREIBUNG

»Bei hellem Tageslichte
Hab ich es *anders* gesehn.«
»Gewiß. Geschichten und Geschichte
Wachsen und wechseln schon im Entstehn!«

DER SCHWARZE KORSAR

Ein Spiegel das Meer – auf der Fluten Blau
Tanzt leicht der Fregatte zierlicher Bau.
Das Erz der Geschütze, das Segel so weiß,
Blinkt hell in der Sonne so tropenheiß.

Matrosen, gebräunt und von struppigem Haar,
Schaun südwärts und schwatzen vom schwarzen Korsar;
Vom schwarzen Korsar, vom guten Fang,
Auf den sie passen schon mondenlang.

Schon flimmert am Himmel der Abendstern,
Da zieht's wie ein Schatten in weiter Fern.
Wie, sind sie der schwarzen Flagg' auf der Spur;
Wie, ist es ein schwarzes Wölkchen nur?

Er naht, der Korsar, er wecket das Meer,
Er segelt mit vollen Segeln daher;
Seine Stimme ist Donner, Nacht ist sein Haar,
So nahet der Sturm, der schwarze Korsar.

Er höhnt die Fregatte und jagt herbei,
Als ob er ein Sklavenhändler sei,

Und peitschet über das schäumende Meer
Die schwarzen Wolken wie Neger einher.

Wohl trotzt die Fregatte dem Sturmesdräun,
Wohl krachen die Salven, den Feind zu zerstreun.
Umsonst – schon hat er sie wütend gefaßt,
Und die Fahne senkt sich, der Flaggenmast.

Schon streckt die Fregatte Gewaffen und Wehr
Und wirft die Geschütze hinunter ins Meer.
Der letzten Salve gedämpfter Klang
Wie Hilferufen zum Himmel drang.

Umsonst – unter schrillendem Hurrageschrei
Bricht er der Schlanken die Rippen entzwei,
Sie sinkt, von Riesenfäusten gepackt,
Und über ihr schließt sich der Katarakt.

Und weiter stürmt mit flatterndem Haar,
Mit blitzendem Auge der schwarze Korsar
Und spürt nach neuem Spielzeug umher
Für sein Lieb, das unersättliche Meer.

DER MARKUSLÖWE

Venedig schläft; doch schlummerscheu
Wacht der geflügelte Markusleu,
Er wacht und von der Lagune zum Meer
Wandert sein Auge hin und her.

Und wie er starr in die Ferne schaut,
Da wird's in der Piazetta laut,

Das Wasser steigt, und Well' auf Well'
Umplätschert des Löwen Fußgestell.

Der Wogen eine züngelt empor
Und raunt dem ehernen Wächter ins Ohr:
»Was blickst du starr in die See hinaus,
Dieweil Verderben im eigenen Haus?

Als ich am Palaste vorübergerauscht,
Hab' ich den grauen Falieri belauscht;
Bedroht ist die Freiheit, bedroht ist der Staat,
Im Herzen des Dogen brütet Verrat.

Was suchst du den Feind auf der Adria?
Falieri heißt er, nicht Doria;
Nach Kron' und Zepter trachtet sein Sinn,
Leu, rette die Meereskönigin!«

Da springt mit einem gewaltigen Satz
Der Löwe hinab auf den Markusplatz; –
Schon huscht der Verrat durch die Straßen scheu,
Da hält am Markusturme der Leu.

Mit seiner Tatze zerschlägt er das Tor,
Er fliegt die steinernen Treppen empor,
Umklammert die Glocke hoch oben im Turm
Und der Markuslöwe läutet Sturm.

Wie wenn er die Toten wecken will,
Mischt er dem Donner sein eigen Gebrüll; –
Venedig ist wach, entdeckt der Verrat,
Gefangen Falieri, gerettet der Staat.

Auf seiner Säule rastet aufs neu'
Venedigs Wächter – der Markusleu;
Den Dogen findet das Morgenrot
Auf dem Schafotte blutig und tot.

DAS AMPHITHEATER

Dort im Norden von Erin,
Wo sich die Basalte türmen
Und ins Land die Möwen fliehn
Vor den nimmermüden Stürmen,
Wo des Fingal starke Hand
Felsen mit dem Schwert behaute
Und zu Morvens fernem Strand
Jene Riesenmole baute,

Dort auch an des Meeres Bucht
Schuf auch spielend Ossians Vater
Einst der Säulen Felsenwucht
Zum Basaltamphitheater,
Daß er mit den Seinen all
Auf des Meeres Arme blicke,
Wenn sich drin der Wasserschwall
Mit dem Sturm zum Kampf beschicke.

Machtlos ward der Zeiten Macht
An der felserbauten Bühne.
Himmelwärts in alter Pracht
Hebt sich noch die Säulendüne,
Immer noch sieht man die Flut
Sich dem Sturm entgegenbäumen,

Immer noch in Kampfeswut
Jede Meereswoge schäumen.

Aber Möw' und Wolke nur
Rasten jetzt auf jenem Berge,
Seine riesige Natur
Schreckt zu Tal die Menschenzwerge.
Das Geschlecht der Helden schied,
Fingals Söhne sind gefallen,
Und kein Ossianisch Lied
Hört man zu der Brandung schallen.

IKARUS

Immer wieder dieselbe Geschichte:
Siege, Triumphe, Gottesgerichte.

Wem jeder Sprung, auch der kühnste, geglückt,
Der fühlt sich dem Gesetz entrückt,
Er ist heraus aus dem Alltagstrott,
Fliegen will er, er ist ein Gott;
Er fällt dem Sonnengespann in die Zügel, –
Da schmelzen dem Ikarus die Flügel,
Er flog zu hoch, er stürzt, er fällt,
Ein neu Spektakelstück hat die Welt,
Eben noch zum Himmel getragen …
Apollo, zürnend, hat ihn erschlagen.

JA, DAS MÖCHT' ICH NOCH ERLEBEN

Eigentlich ist mir alles gleich,
Der eine wird arm, der andre wird reich,
Aber mit Bismarck, – was wird das noch geben?
Das mit Bismarck, das möcht' ich noch erleben.

Eigentlich ist alles soso,
Heute traurig, morgen froh,
Frühling, Sommer, Herbst und Winter,
Ach, es ist nicht viel dahinter.
Aber mein Enkel, so viel ist richtig,
Wird mit nächstem vorschulpflichtig,
Und in etwa vierzehn Tagen
Wird er eine Mappe tragen,
Löschblätter will ich ins Heft ihm kleben –
Ja, das möcht' ich noch erleben.

Eigentlich ist alles nichts,
Heute hält's und morgen bricht's,
Hin stirbt alles, ganz geringe
Wird der Wert der ird'schen Dinge;
Doch wie tief herabgestimmt
Auch das Wünschen Abschied nimmt,
Immer klingt es noch daneben:
Ja, das möcht' ich noch erleben.

GORM GRYMME

König Gorm herrscht über Dänemark,
Er herrscht die dreißig Jahr,
Sein Sinn ist fest, seine Hand ist stark,

Weiß worden ist nur sein Haar,
Weiß worden sind nur seine buschigen Brau'n,
Die machten manchen stumm;
In Grimme liebt er drein zu schaun –
Gorm Grymme heißt er drum.

Und die Jarls kamen zum Feste des Jul,
Gorm Grymme sitzt im Saal,
Und neben ihm sitzt, auf beinernem Stuhl,
Thyra Danebod, sein Gemahl;
Sie reichen einander still die Hand
Und blicken sich an zugleich,
Ein Lächeln in beider Auge stand –
Gorm Grymme, was macht dich so weich?

Den Saal hinunter, in offner Hall',
Da fliegt es wie Locken im Wind,
Jung-Harald spielt mit dem Federball,
Jung-Harald, ihr einziges Kind,
Sein Wuchs ist schlank, blond ist sein Haar,
Blau-golden ist sein Kleid,
Jung-Harald ist heut fünfzehn Jahr,
Und sie lieben ihn allbeid'.

Sie lieben ihn beid'; eine Ahnung bang
Kommt über die Königin,
Gorm Grymme aber, den Saal entlang
Auf Jung-Harald deutet er hin,
Und er hebt sich zum Sprechen – sein Mantel rot
Gleitet nieder auf den Grund:
»Wer je mir spräche ›er ist tot‹,
Der müßte sterben zur Stund.«

Und Monde gehn. Es schmolz der Schnee,
Der Sommer kam zu Gast,
Dreihundert Schiffe fahren in See,
Jung-Harald steht am Mast,
Er steht am Mast, er singt ein Lied,
Bis sich's im Winde brach,
Das letzte Segel, es schwand, es schied –
Gorm Grymme schaut ihm nach.

Und wieder Monde. Grau-Herbstestag
Liegt über Sund und Meer,
Drei Schiffe mit mattem Ruderschlag
Rudern heimwärts drüber her;
Schwarz hängen die Wimpel; auf Brömsebro-Moor
Jung-Harald liegt im Blut –
Wer bringt die Kunde vor Königs Ohr?
Keiner hat den Mut.

Thyra Danebod schreitet hinab an den Strand,
Sie hatte die Segel gesehn;
Sie spricht: »Und bangt sich euer Mund,
Ich meld' ihm, was geschehn.«
Ab legt sie ihr rotes Korallengeschmeid
Und die Gemme von Opal,
Sie kleidet sich in ein schwarzes Kleid
Und tritt in Hall' und Saal.

In Hall' und Saal. An Pfeiler und Wand
Goldteppiche ziehen sich hin,
Schwarze Teppiche nun mit eigener Hand
Hängt drüber die Königin,
Und sie zündet zwölf Kerzen, ihr flackernd Licht,
Es gab einen trüben Schein,

Und sie legt ein Gewebe, schwarz und dicht,
Auf den Stuhl von Elfenbein.

Ein tritt Gorm Grymme. Es zittert sein Gang,
Er schreitet wie im Traum,
Er starrt die schwarze Hall' entlang,
Die Lichter, er sieht sie kaum,
Er spricht: »Es weht wie Schwüle hier,
Ich will an Meer und Strand,
Reich meinen rot-goldenen Mantel mir
Und reiche mir deine Hand.«

Sie gab ihm um einen Mantel dicht,
Der war nicht golden, nicht rot,
Gorm Grymme sprach: »Was niemand spricht,
Ich sprech' es: Er ist tot.«
Er setzte sich nieder, wo er stand,
Ein Windstoß fuhr durchs Haus,
Die Königin hielt des Königs Hand,
Die Lichter loschen aus.

ARCHIBALD DOUGLAS

»Ich hab es getragen sieben Jahr
Und ich kann es tragen nicht mehr,
Wo immer die Welt am schönsten war,
Da war sie öd und leer.

Ich will hintreten vor sein Gesicht
In dieser Knechtsgestalt,
Er kann meine Bitte versagen nicht,
Ich bin ja worden alt.

Und trüg er noch den alten Groll,
Frisch wie am ersten Tag,
So komme, was da kommen soll,
Und komme, was da mag.

Graf Douglas spricht's. Am Weg ein Stein
Lud ihn zu harter Ruh,
Er sah in Wald und Feld hinein,
Die Augen fielen ihm zu.

Er trug einen Harnisch, rostig und schwer,
Darüber ein Pilgerkleid, –
Da horch, vom Waldrand scholl es her
Wie von Hörnern und Jagdgeleit.

Und Kies und Staub aufwirbelte dicht,
Her jagte Meut und Mann,
Und ehe der Graf sich aufgericht't,
Waren Roß und Reiter heran.

König Jakob saß auf hohem Roß,
Graf Douglas grüßte tief,
Dem König das Blut in die Wange schoß,
Der Douglas aber rief:

»König Jakob, schaue mich gnädig an
Und höre mich in Geduld,
Was meine Brüder dir angetan,
Es war nicht meine Schuld.

Denk nicht an den alten Douglas-Neid,
Der trotzig dich bekriegt,

Denk lieber an deine Kinderzeit,
Wo ich dich auf den Knieen gewiegt.

Denk lieber zurück an Stirling-Schloß,
Wo ich Spielzeug dir geschnitzt,
Dich gehoben auf deines Vaters Roß
Und Pfeile dir zugespitzt.

Denk lieber zurück an Linlithgow,
An den See und den Vogelherd,
Wo ich dich fischen und jagen froh
Und schwimmen und springen gelehrt.

O denk an alles, was einsten war,
Und sänftige deinen Sinn,
Ich hab es gebüßet sieben Jahr,
Daß ich ein Douglas bin.«

»Ich seh dich nicht, Graf Archibald,
Ich hör deine Stimme nicht,
Mir ist, als ob ein Rauschen im Wald
Von alten Zeiten spricht.

Mir klingt das Rauschen süß und traut,
Ich lausch ihm immer noch,
Dazwischen aber klingt es laut:
Er ist ein Douglas doch.

Ich seh dich nicht, ich höre dich nicht,
Das ist alles, was ich kann,
Ein Douglas vor meinem Angesicht
Wär ein verlorener Mann.«

König Jakob gab seinem Roß den Sporn,
Bergan ging jetzt sein Ritt,
Graf Douglas faßte den Zügel vorn
Und hielt mit dem Könige Schritt.

Der Weg war steil und die Sonne stach
Und sein Panzerhemd war schwer,
Doch ob er schier zusammenbrach,
Er lief doch nebenher.

»König Jakob, ich war dein Seneschall,
Ich will es nicht fürder sein,
Ich will nur warten dein Roß im Stall
Und ihm schütten die Körner ein.

Ich will ihm selber machen die Streu
Und es tränken mit eigner Hand,
Nur laß mich atmen wieder aufs neu
Die Luft im Vaterland.

Und willst du nicht, so hab einen Mut,
Und ich will es danken dir,
Und zieh dein Schwert und triff mich gut
Und laß mich sterben hier.«

König Jakob sprang herab vom Pferd,
Hell leuchtete sein Gesicht,
Aus der Scheide zog er sein breites Schwert,
Aber fallen ließ er es nicht.

»Nimm's hin, nimm's hin und trag es neu
Und bewache mir meine Ruh,

Der ist in tiefster Seele treu,
Wer die Heimat liebt wie du.

Zu Roß, wir reiten nach Linlithgow
Und du reitest an meiner Seit,
Da wollen wir fischen und jagen froh
Als wie in alter Zeit.«

DER LETZTE YORK

Lancaster herrscht, der Kampf ist aus, die rote Rose hat gesiegt,
Die weiße Rose, Blatt um Blatt, auf zwanzig blut'gen Feldern liegt,
Ein einz'ger nur, des Clarence Sohn, des Herzblut nicht zu Boden floß,
Im Tower sitzt *Graf Edward York,* des alten Hauses letzter Sproß.

Er sitzt im Tower Jahre schon, am selben Gitterfenster schier,
Wo seinen Vater man ertränkt (er wollt es so) in Malvasier,
Der Junge hat vom Alten her ererbt den immer leichten Sinn,
Er rechtet mit dem Leben nicht, und wie es fällt, so nimmt er's hin.

Die Drehbank kürzt ihm seinen Tag, es surrt das Rad, es klingt sein Lied,
Des Morgens ist er arbeitsfroh, des Abends ist er arbeitsmüd,

Er wirft sich auf sein Lager hin, hat festen Schlaf
und guten Traum,
Daß er ein Sproß vom Hause York, der *letzte* Sproß,
er weiß es kaum.

Es surrt das Rad; da rasselt's drauß und klirrt im Schloß, –
Flurlicht fällt ein,
Sieh, der Lancasterkönig selbst, Herr Heinrich Tudor,
tritt herein,
Er spricht: »Grüß Gott dich, Vetter York, nimm dieses
Schwert und diesen Helm
Und drunten nimm mein bestes Roß, – der Perkin Warbec
ist ein Schelm!

Der Perkin Warbec ist ein Schelm, die blöde Menge
läuft ihm zu,
Das macht, er nennt sich *Edward York* und lügt
und prahlet: er sei du;
Der Dieb, er stiehlt mir meinen Schlaf, doch ich zerreiß
ihm seine List,
Komm mit, und sprich zu allem Volk und zeig, daß du –
du selber bist.«

Sie reiten durch das Tower-Tor, auf Platz und Straße
wogt es rings,
Das ist er! raunt die Menge rechts, das ist er!
raunt die Menge links,
Er hört es nicht, – das Puppenspiel trieb ihm ins Antlitz
Grimm und Glut,
Mit eins lebendig worden ist in ihm das alte Königsblut.

Er grüßt nicht rechts, er grüßt nicht links, er starrt nur
schweigend vor sich hin,

Graf Edward York, wo blieb dein Erb, des Vaters immer
leichter Sinn?
Sie reiten still bis Ludgate-Hill, der König flüstert:
»Vetter, hier!«
Der aber schweigt und murmelt erst am Tower-Tor:
»Das denk ich dir.«

Und eh die Nacht am tiefsten sinkt, ist seines Kerkers
Zelle leer,
Ein Strick, aus Tüchern fest geknüpft, weht weiß im Winde
hin und her,
Und eh des andern Tages Schein noch hell
in seine Zelle fällt,
Da tritt er schon, Helm auf dem Haupt, in Perkin Warbecs
flatternd Zelt.

Er spricht: »Du nennst dich Edward York und
Edward York, so nenn ich mich,
Wer von uns zwein der rechte sei, beim ew'gen Gott,
das findet sich,
Doch, daß du meinen Namen stahlst und mit ihm würfelst
um den Thron,
Heut dank ich's dir aus voller Brust, genüber diesem
Tudor-Hohn.

Entgegen ihm! und siegen wir, so trägst du Englands
Krone mit!« –
Sie zogen aus und stritten gut, doch Heinrich Tudor
besser stritt,
Er schlug zurück die Stürme all, Graf Edward tat den
letzten Sturm,
Und eh die Nacht am tiefsten sank, saß er aufs neu im
Tower-Turm.

Der Morgen kommt; da rasselt's drauß und klirrt im
Schloß, Flurlicht fällt ein,
Sieh, des Lancasterkönigs Freund in rotem Mantel
tritt herein,
Er spricht: »Grüß Gott dich, Edward York, was ich dir
tuen muß, vergib,
Doch will ich's tun mit fester Hand und treffen dich
auf *einen* Hieb.«

Sie schreiten durch das Tower-Tor, auf Platz und Straße
wogt es rings,
Da ist er! raunt die Menge rechts, das ist er!
raunt die Menge links,
Er grüßt nach rechts, er grüßt nach links, er starrt nicht
länger vor sich hin,
Graf Edward York hat wieder ganz des Vaters immer
leichten Sinn.

Sie schreiten still bis Ludgate-Hill, auf ragte da
das Blutgerüst,
Graf Edward York, zum letzten Mal hat er
das Kruzifix geküßt,
Die Lerchen stiegen himmelan, die Glocken klangen
dumpf und matt,
Und rot von Blut zu Boden fiel der weißen Rose
letztes Blatt.

Lady Gray fährt auf vom Schlummer (der Morgen
dämmerte kaum),
»Gott woll uns nicht versuchen! Ich hatt einen bösen
Traum:
Ich sah einen Purpurmantel treiben auf offner Flut, –
Ich bückte mich nach dem Mantel, da war es mein
eigen Blut.«

Sie spricht's. Auf klingt vom Hofe verworrener Stimmen
Schall,
Sieben Reiter steigen vom Rosse und schreiten in die Hall,
Sie harren entblößten Hauptes, Lady Gray tritt vor sie hin,
Sie sprechen aus einem Munde: »Wir grüßen dich,
Königin!«

»Und starb mein Herr und König, was sucht ihr
die Erbin hie,
Die Erbin seiner Krone, das ist Prinzessin Marie!«
Da sprach der sieben einer, der stolze Northumberland:
»Wir wollen keine Papistin auf dem Throne von
Engelland.«

»Und wollet ihr nicht Maria, welch Recht auch immer
sie hätt,
So lebt Anna Bulens Tochter, Prinzessin Elisabeth!« –
»Anna Bulen war ein Buhlweib«, rief da Northumberland,
»Wir wollen keinen Bastard auf dem Throne von
Engelland!«

»Und weigert ihr beiden die Krone, Elisabeth und Marie,
So traget die Krone selber, ich aber trage sie nie«;

Da lachte der stolze Herzog: »Täubchen, schlag ein,
schlag ein,
Der Habicht ist über der Taube, du *sollst* unsre Königin
sein.«

Sie legten ihr um den Mantel, sie hoben sie leicht aufs Roß,
Ihrer Locken goldne Fülle über den Purpur floß,
Sie rief ihr Hausgesinde: »Lebt wohl und gedenket mein!«
Sie sprengte weinenden Auges in den lachenden Morgen
hinein.

Und als sie kamen gen London, horch, Glocken- und
Feierklang,
Sie sprach: »Wer ist gestorben? wer tut seinen letzten Gang?«
Northumberlands Stirn erblaßte, die eben so rot noch
glomm;
»Die Glocken gelten dir selber und klingen willkomm,
willkomm!«

Und als sie kamen zur City, bis nieder gen Tempel-Bar,
Einen goldnen Schlüssel reichte die goldne Stadt ihr dar –
Ein Kranz von dunklen Eichen umfaßte des Goldes Glanz,
Sie rief: »Mein ist der Schlüssel!« sie dachte: »Mein ist der
Kranz!«

Und als sie kamen zum Tower und die Zugbrück
niederschlug,
Da bäumte hochauf ihr Leibroß, das sonst so sicher
sie trug,
Northumberland riß es am Zügel, – wie hat da das Roß
geschäumt;
Sie streichelte seinen Nacken: »Ich weiß, warum du
gebäumt.«

Sie trat in die Krönungshalle, Bischöfe waren bereit,
Zwei Lords mit Szepter und Krone standen
an Thrones Seit,
Sie nahm die Perlenkrone und fragte: »Wer trug sie schon?«
Die Lords verneigten sich beide: »Es ist Anna Bulens Kron!«

Und nieder aus der Halle schritt sie zur Tower-Kapell,
Inbrünstig warf sie sich nieder an Altars heiliger Schwell,
Auf stand sie leichteren Herzens; noch einmal sah sie herab:
»Auf wessen Grabstein kniet ich?« »Es ist Anna Bulens
Grab.«

Und draußen im Hof des Towers, da lagen weiße Stein,
Alle gefügt zum Kreise, drauf fiel der Sonnenschein,
Sie trat in die schimmernde Rundung: »Gnäd'ge Königin,
um Gott,
Auf diesen weißen Steinen stand Anna Bulens Schafott.«

Und als das Wort gesprochen, da horch, Trompetenklang,
Über des Towers Zugbrück der Rappe Marias sprang,
Maria Tudors Rappe, – seht, wie sie im Sattel sitzt!
Eines Scheiterhaufens Flamme aus ihrem Auge blitzt.

Sie hebt sich rasch aus dem Sattel, nach wallt ihrer
Schleppe Samt
(Lady Gray, wo sind deine Freunde? tot oder zum Tode
verdammt!),
Sie schreitet hinan zum Throne, triumphierend schaut
sie drein:
Ihre festen Schritte sprechen: diese Stufen sind *mein.*

Lady Gray erwacht im Kerker, sie spricht: »Gott Ehr
und Preis!«

Drei Tage kommen und gehen, die Steine sind nicht mehr weiß,
Die Steine sind schwarz verhangen, eine Leiter muß Treppe sein,
Zwei lächelnde Augen sprechen: *diese* Stufen sind mein.

Sie neigt sich vor dem Volke: »Gott segne die Königin«,
Sie neigt sich zum Gebete: »Mein Heiland, nimm mich hin!«
Sie neiget sich zum dritten – da war das Beil bereit – –
Lady Gray trägt ihren Purpur an Anna Bulens Seit.

MARIA STUART
(Romanzen-Zyklus)

Ich habe menschlich, jugendlich gefehlt,
Die Macht verführte mich, ich hab es nicht
Verheimlicht und verborgen, falschen Schein
Hab ich verschmäht mit königlichem Freimut,
Das Ärgste weiß die Welt von mir, und ich
Kann sagen, ich bin besser als mein Ruf.

1. Maria Stuarts Weihe

Schloß Holyrood ist öd und still,
Der Nachtwind nur durchpfeift es schrill,
Es klirrt kein Sporn in Hof und Hall,
Nur finstres Schweigen überall.

Da plötzlich schwebt, in luft'gem Gang,
Ein hohes Weib die Hall entlang:
Ihr klares Aug strahlt ewig-jung
Vom Feuer der Begeisterung.

Zu Häupten ihr glüht Sternenschein.
Ihr Haar ist gold, – wer mag sie sein?
Sie kommt und bringt ihr Angebind
Im Saale drin dem Königskind.

Das Königskind, das heißt *Marie;*
Wie Liedes-Zauber umklingt es sie,
Als, neigend über die Wiege sich,
Die *Muse* spricht: »Ich weihe dich!«

Sie sprach es kaum, da – still und stumm
Entschwebet schon sie wiederum,
Und lachend schlüpfen lust'ge zwei
Jetzt in die Tür, an ihr vorbei.

Die eine trägt zu buntem Tand
Einen Pfauenfächer in blitzender Hand,
Es knistert die Seide, es bauscht ihr Kleid,
Das war die Dame *»Eitelkeit«*.

Die andre, frech und üppig gar,
Trägt langes, aufgelöstes Haar,
Ihr Aug ist schwarz, nackt ihre Brust,
Das war die Dirne *»Sinnenlust«*.

Sie neigen beide zur Wiege sich
Und kichern hell: »Wir weihen dich!«
Da huscht, und ihre Wang erblaßt,
Rasch in den Saal ein dritter Gast.

Wie Schatten schleicht er an der Wand,
Sein Kleid ist rot, rot seine Hand,

Er schaut sich um, sein Auge sticht,
Und messerscharf ist sein Gesicht.

Er neigt sich jetzt und spricht das Wort:
»Ich weihe dich zu Blut und Mord!«
Aufschreit im Schlaf das Königskind,
Und heller draußen pfeift der Wind.

Der Gast ist fort, doch her und hin
Wirft banger Traum die Schläferin,
Geweiht fürs Leben schlummert sie,
Die schöne, schottische Marie.

2. *David Rizzio*

Herr Darnley reitet in den Wald, Lord Ruthven ihm zur Seite;
Herr Darnley spricht: »Was frommt es mir, daß in den Lenz ich reite?
Ich ritt hinaus, ein Schreckgespenst mir aus dem Sinn zu schlagen,
Ihr aber, Ruthven, hastet Euch, ins Feuer Öl zu tragen.«

Lord Ruthven streicht den roten Bart, als sei er des zufrieden,
Er schweigt und denkt nur: »Wenn es heiß, soll man das Eisen schmieden«;
Seit an Marias Ohr er frech ein Liebeswort verloren,
Hat er der schönen Königin im Herzen Haß geschworen.

Er spricht kein Wort, beredter spricht sein Lächeln jetzt und Schweigen,

Er sieht, von Schritt zu Schritt, das Blut in Darnleys
Wange steigen,
Der ruft: »Sing aus dein Rabenlied, und spricht's wie
deine Blicke,
Verdamm mich Gott, wenn ich den Fant nicht in die Hölle
schicke!«

Lord Ruthven streicht den roten Bart; in heuchelndem
Erstaunen
Spricht er: »Mein König zweifelt noch an dem, was alle
raunen,
Er weiß nicht, was ein jeder weiß von Schottlands
Königsstuhle,
Daß Heinrich Darnleys ehlich Weib des David Rizzio
Buhle!«

Herr Darnley kehrt gen Edinburg, er hält vor seinem
Schlosse:
»Lord Ruthven« – spricht er – »so's beliebt, *bleibt* Ihr
mein Jagdgenosse,
Der Fuchs ist schlau, doch bärg er sich in *ihres* Kleides
Falten,
Ich jag ihn auf, noch heute nacht will meinen Schwur
ich halten.«

Es glänzt der festgeschmückte Saal von Rittern wohl
und Frauen,
Vor allen ist Maria doch als Königin zu schauen,
Sie läßt die Zeit bei Spiel und Tanz in raschem Flug
enteilen,
Und nur ihr Gatte zögert noch, des Festes Lust zu teilen.

Die Kerzen und die Wangen glühn vor Freuden um die Wette,
Es schreitet an Lord Seytons Hand Maria zum Bankette,
Der Becher schäumt, Maria winkt, ein Saitenspiel zu bringen,
Ihr Liebling Rizzio nimmt es hin und hebet an zu singen:

Der König zog in finstrem Sinn.
Hinaus mit seinem Trosse,
Nach blickt die schöne Königin
Dem Reiter und dem Rosse.

Und als des Waldes Laub und Moos
Den König kaum erlaben,
Da lockt sie schon auf ihren Schoß
Den blonden Edelknaben.

Sie streicht sein Haar, sie küßt so heiß
Die Lippen ihm und Wangen,
Die aber sind heut kalt wie Eis
Und atmen kein Verlangen.

Sie flüstert: »Lieber Knabe mein,
Halt fester mich in Armen,
Wir wollen eins zur Stunde sein,
Das wird dein Herz erwarmen.«

Er aber spricht: »Mag heute nicht
Fest herzen dich und pressen,
Ich hatt zur Nacht ein Traumgesicht,
Das kann ich nicht vergessen:

Es trat der König vor mich hin,
Als ich dich wollte küssen;
Mir ist so bang, lieb Königin,
Als würd ich sterben müssen ...«

»So *stirb*, du buhlerischer Tor!« Herr Darnley ruft's dazwischen,
Es fegt im Nu sein Zornesblick die Gäste von den Tischen,
»Stirb denn, und dank's im Tode mir, daß ich mit guter Klinge
Zu deinem bösen Bubenlied das letzte Verslein singe.«

Es packt den Sänger Todesangst: in namenlosem Leide
Hält fest er, wie ein zitternd Kind, sich an Marias Kleide,
Die tritt, halb Furcht, halb Zorn im Blick, hervor, ihn zu bewahren,
Umsonst, schon ist des Königs Schwert ihm durch die Brust gefahren.

Es hält, die lange Nacht hindurch, Maria Totenwache,
Zum ersten Mal durchzieht ihr Herz der heiße Wunsch nach Rache;
Die Morgensonne sah den Schwur auf ihrer Lippe beben, –
Herr Darnley hat des Sängers Tod bezahlt mit seinem Leben.

3. Maria und Bothwell

König Darnley liegt erschlagen,
Graf Bothwell hat es getan,
Sechs Lords von Schottland tragen
Die Leiche nach Sankt Alban,

Sie stellen bei Fackelscheine
Den Sarg an den Altar hin; –
Von Trauernden fehlt nur *eine,*
Maria, die Königin.

Die sitzet daheim im Schlosse,
In funkelnder Nische des Saals,
Auf dem Sammetpfühl ihr Genosse
Ist der Mörder ihres Gemahls;
Dem Lande kleidet die Trauer,
Der Königin kleidet die Lust,
Kalt-heiße Wonneschauer
Durchrieseln ihre Brust.

Sie spricht verlockenden Schalles:
»Nun komm, und küsse dich rot,
Ich danke dir alles, alles,
Mein Leben und – *seinen* Tod;
O schau nicht so fragend und bange,
Schau lieber wie sonst mich an,
Leg ab die blasse Wange,
Getan ist, was getan.«

Die Kerzen brennen wie lüstern
Und geben schwülen Hauch,
Immer leiser wird das Flüstern,
Nun schweigt das Flüstern auch,
Ihr Atem lodert zusammen,
Wie Glut um Glut sich mischt,
Bis mählich in Flackerflammen
So Lust wie Licht erlischt.

Still wird's; nur Mondeslichter
Durchhuschen noch bleich den Saal,
Es schlummern, wie Totengesichter,
Graf Bothwell und sein Gemahl;
Sie schlummern; des Windes Weise
Erstirbt im hohen Kamin,
An den Wänden, hastig-leise,
Schatten vorüberfliehn.

Und hastiger wird ihr Treiben,
Schon graut und dämmert der Tag,
Da schlägt's an die klirrenden Scheiben
Wie flatternder Flügelschlag;
Auf fahren die zwei vom Kissen,
Verstört an Haar und Sinn,
Im Traume ward wach ihr Gewissen,
Und es murmelt die Königin:

»Hilf Himmel, ich sah die Meinen
Landflüchtig, der Zügel beraubt,
Der fallenden Krone des einen
Nachrollte sein fallendes Haupt,
Und wie Donner durch meine Seele
Ging das alte Lied:
Ich räch alle Schuld und Fehle
Bis in das vierte Glied.«

Maria hat es gesprochen,
Graf Bothwell hört es kaum,
Seine Schläfe pulsen und pochen,
Er denkt an den eigenen Traum,
Er spricht unter Starren und Stocken:
»Sie grüßte, dann betete sie,

Ab schnitt ihr der Henker die Locken – –
Ach, *deine* Locken, Marie.«

Graf Bothwell hat es gesprochen,
Maria hört ihn kaum,
Ihre Schläfe pulsen und pochen,
Sie denkt an den eigenen Traum,
Stumm blicken die Buhlergatten
Sich an so blaß, so bang; –
König Darnleys blutiger Schatten
Schreitet den Saal entlang.

4. Der sterbende Douglas
(Schlacht bei Langside. 1568)

Die Heere stießen aneinander; der Tag ist heiß, der Himmel finster,
Vom Hufschlag dröhnt weithin die Heide, rot tropft der Tau vom schwarzen Ginster;
Es blickt die schottische Maria von nahen Schlosses Fensterbrüstung,
Ihr Auge haftet auf dem Kampfe, doch in dem Kampf auf *einer* Rüstung.

Dem jungen Douglas folgt ihr Auge; sie fühlt ihr Herze höher schlagen,
Er ist's, der sechzehnjährige Knabe, der aus dem Kerker sie getragen,
Er ist's, der ihr ein Heer geworben, und durfte doch um *eins nicht* werben.
Drum wirbt er jetzt um seinen Frieden und um das Glück, für sie zu sterben.

Wen tragen aus dem Kampfgetümmel sie dort auf
zweiggeflochtner Bahre,
Das Antlitz weiß, und schwarz die Rüstung und rot von Blut
die blonden Haare?!
Der Douglas ist's: Erfüllung wurde des Hoffnungslosen
einz'gem Hoffen,
Es hat ein Schwert von Murrays Mannen ins tiefste Leben
ihn getroffen.

Da liegt er, auf gewirktem Teppich, jetzt an des alten
Schlosses Stufen,
Maria neigt sich zu ihm nieder, ein Priester wird
herbeigerufen,
Der reicht den Kelch ihm unter Tränen, er aber segnet diese
Stunde,
Hätt langsam sonst verbluten müssen an seines Herzens
stiller Wunde.

Die Brust wird kalt, es stockt sein Atem, sein Auge scheint
vom Tod geschlossen;
Maria küßt die bleiche Stirne, die schon so frühe Ruhm
genossen:
Da spielt um seinen Mund ein Lächeln, auf glimmt ein
letzter Lebensfunken,
Dann ist er in Marias Arme zu letztem Schlag
zurückgesunken.

MARIE DUCHATEL
(Aus der Zeit Maria Stuarts)

»Welchen Hofstaat bringt unsre Königin mit?«
»Sie bringt mit ihre vier Marien,
Ihre vier Marien von Frankreich her,
Die müssen mit ihr ziehn.

Die müssen ihr plätten und glätten das Bett
Und warten auf der Schwell,
Ich kenne die jüngste, die schönste,
Das ist Marie Duchatel.«

Marie Duchatel sprang ans Ufer,
Im Winde flog ihr Haar,
Der König sah Marie Duchatel
Und wie schön und wie schlank sie war.

Marie Duchatel sprang in den Bügel,
Ihr Haar war blond und licht,
Der König sah Marie Duchatel,
Die andern sah er nicht.

Marie Duchatel sprang aus dem Sattel,
Und zur Kirche schritten sie hin,
Der König sah Marie Duchatel
Viel mehr als die Königin.

Und eh drei Wochen waren ins Land,
Da sangen sie laut und hell:
Was sind alle Mädchen am Hofe
Gegen Marie Duchatel.

Und eh drei Monde waren ins Land,
da sangen sie, groß und klein:
Ach, ohne Marie Duchatel
Könnten wir gar nicht sein.

Marie Duchatel, Marie Duchatel,
Wolle nicht in den Garten gehn,
Der König ist da und die Nacht ist nah,
Und du kannst nicht widerstehn!

Nun pflücket sie heimlich vom Klosterbaum
Und ringt ihre Hände wund,
Doch das Leben unterm Herzen
Wird lebendiger jede Stund.

Und endlich hinaus zum Strande
Schleicht sie und trägt ihr Kind:
»Nun schwimme oder sinke«,
Flüstert sie in den Wind. –

Am andern Morgen läuft's auf und ab:
»Wisset ihr, was geschah?
Marie Duchatel hat ein Kleines,
Und das Kleine ist nicht da.«

Und die Königin ruft Marie Duchatel,
Die zittert und kommt geschwind:
»Ich hörte zu Nacht was wimmern!
Sag an, wo ist dein Kind?«

»Ich habe kein Kind, Mylady,
Denket nicht so schlecht von mir,

Ich hatte Stiche und Schmerzen
Unterm Herzen hier.«

»Und hattest du Stiche und Schmerzen,
Wohlan, heut bist du gesund,
Bring mir meinen Mantel von Scharlach,
Wir reiten noch diese Stund;

Wir reiten von Schloß Stirling
Bis Edinburg ohne Müh,
Und in Edinburg gibt's Hochzeit
Morgen in aller Früh.«

Die Königin stieg zu Rosse,
Ihre Herren und Damen mit,
Sie ritten all im Trabe,
Marie Duchatel ritt im Schritt.

»Haltet an, liebe Herren und Damen,
Ich kann nicht folgen mehr«;
Sie hörten's und sprengten weiter,
Sie ritt seufzend hinterher.

Und als sie kam zum Tore,
Da wußten sie's schon in der Stadt,
Alle Mädchen und Frauen schluchzten,
Sooft sie gegrüßet hat.

»Was weinet ihr, liebe Frauen?
Kommt mit, es soll Hochzeit sein«; –
Sie schüttelten ihre Köpfe
Und traten ins Haus hinein. –

Am Nordertor, wo das Zollhaus steht,
Da saßen sie zu Gericht,
Sie war erst sechzehn Jahre,
Das konnte sie retten nicht.

Durchs Südertor, am andren Tag,
Ein Zug und ein Karren schlich,
Marie Duchatel wollte lächeln
Und weinte bitterlich.

Sie kamen an den Hügel:
»Leb wohl, liebe Königin,
Von deinen vier Marieen
Geht eine nun dahin.

Oft hab ich dich angekleidet
Und dir das Bett gemacht,
Daß es so kommen würde,
Das hab ich nie gedacht.

Oft hab ich dir mit Goldband
Dein Scharlachmieder gesäumt,
Von diesem Tag und dieser Stund,
Ach, hab ich nie geträumt.

Ihr Schiffer und ihr Matrosen,
Wenn ihr zu Schiffe geht,
Erzählt kein Wort in Frankreich
Von allem, was ihr nun seht.

Erzählt nicht meiner Mutter
Von dem Brett, auf dem ich stand,

Und nichts von meinem Tode
Und nichts von meiner Schand.

Ach, meine arme Mutter,
Als in der Wieg ich lag
Und du mich herztest und küßtest,
Wie fern war *dieser* Tag!«

SIR WALTER RALEIGHS LETZTE NACHT

Sir Walter Raleigh sitzt und sinnt im Tower,
Vergittert ist sein Fenster, Erz die Tür,
Als sie sich schloß, schloß sich für ihn das Leben,
Wenn sie sich öffnet, öffnet sie der Tod.
Ihm lacht kein Gnadenstrahl; Tyrannenhaß
Hat ihm auf Hochverrat das Wort gedeutet:
»Der Menschen Recht war vor dem Recht der Stuarts,
Und Kön'ge sind *von* Gott, nicht – selber Gott.«

Die Nacht ist da. Mitleidig durch die Scheiben
Blickt nur der Mond, und nur der Stunde Schlag
(Trotz bietend dem Verbot des Kerkermeisters)
Ruft dem Gefangnen zu: noch lebt die Zeit!
Sir Walter aber, auf die weiße Hand
– Blauadrig längst von Sorg und Last der Jahre –
Stützt er sein Haupt, und hastig weiter spürend
Auf oft betretner Fährte des Gedankens,
Vergißt er, traumverloren, Zeit und Welt;
Er steigt ins eigne Herz hinab und schreibt:

Willkommen mir; zu scheiden
Von Leben und von Welt,

Mag keinen Gast beneiden,
Den's hier zurücke hält:
Arm sind des Lebens Feste,
Rings abgestandner Wein, –
Das Höchste und das Beste,
Wie niedrig und wie klein!

Des Hofes Glanz und Schimmer
Blinkt nur wie faules Holz,
Die Kirche lebt vom Flimmer
Und wird vor Demut stolz;
Des Reichen Opferbringen,
Des Mut'gen Märtyrtum,
Der Quell, daraus sie springen,
Heißt Sucht nach Ehr und Ruhm.

Des Klugen Witz verschwendet
Der Worte viel – um nichts;
Die Weisheit wird geblendet
Vom Glanz des eignen Lichts;
Selbst du, des Weltgewimmels
Gepriesenste, o Kunst,
Es zeugt dich statt des Himmels
Die Mode und die Gunst.

Der *Glauben* ist veraltet,
Die *Lieb* ist eitel Lust,
Ergebung kniet und faltet
Nur, weil es heißt: »*Du* mußt!«
Die *Treu* ging längst verloren
In Schein und Lug und Trug,
Das *Glück* wird blind geboren; – –
Ich hab des Spiels genug.

Willkommen mir, zu scheiden
Von Leben und von Welt,
Mag keinen Gast beneiden,
Den's hier zurücke hält;
Wem's Leben viel gegeben,
Dem gab es Müh und Not,
Der Tod nur ist das Leben
Und alles Leben – Tod.

Sir Walter schrieb's; ein seltsam Testament,
Mehr eine Beichte als ein Letzter Wille.
Da, – während noch der gleichgesinnte Spruch
»Die Welt ist eitel!« durch das Herz ihm klingt –
Erfaßt ihn jener Spottgeist, der es liebt,
In Widerspruch uns mit uns selbst zu bringen,
Der neben unsre Demut, unsren Glauben
Als immer fert'ges Fragezeichen tritt
Und, wo voll Mitgefühls wir weinen wollen,
Uns höhnisch zuruft: »Tor, so lache doch!«
Der Geist erfaßt ihn, – und Sir Walters Auge
Hinzwingend auf den Demantring am Finger,
Durchstreicht er ihm die Weisheit dieser Stunde
Und gibt des Lebens Torheit ihm zurück.
Sein Aug wird hell, Sir Walter sieht nur eins:
Den Sonnen-Tag, der diesen Ring ihm brachte.

Zu Windsor war's, inmitten Waldeslust,
Durchs Eichenlaub floß goldne Mittagssonne,
Und wo die Jagd all ihre Schätze häufte,
Wo hundertfach der Hirsch im Blute lag,
Im Aug des Rehs die Todesträne blinkte
Und wo der wilde Eber, nun so zahm,
Der Furchen keine mehr im Erdreich riß,

Da wuchs – als hätt samt seinen Jagdgeselln
Sich Robin Hood ins Riedgras hin gelagert, –
Auf grünem Plan ein Festmahl aus der Erde:
Mit duft'gem Moose war der Tisch gedeckt,

Am Jagdspieß briet das Rundstück und der Ziemer,
Vom nahen Hügel sprudelte der Quell,
Daneben aber, selber schier ein Hügel,
Lag für die durstigsten der durst'gen Kehlen
Ein Stückfaß goldnen Weines, Vögel sangen,
Nichts fehlte, nur der königliche Gast.
Da scholl ein Horn, und sieh, in raschem Jagen,
Gestrüpp und dichtes Farrnkraut leicht durchbrechend,
Erschien auf hohem Roß die Hohe Frau,
Und jetzt, voll Kraft sich aus dem Sattel schwingend,
Berührte schon ihr Schleppenkleid den Boden,
Da stutzte sie, – – des Waldgrunds Feuchte lag,
Ein schwarzer Spiegel, schillernd ihr zu Füßen.
Sie stutzte; wohl! doch Augenblicke nur,
Denn pfeilgeschwind, herab zum Teppichdienste,
Flog Ritter Raleighs goldgestickter Mantel,
Und lächelnd nieder trat Elisabeth.

Das war ein Tag! Noch die Erinnrung dran
Gießt Lebenslust durch des Gefangnen Adern;
Er *will* nicht sterben; schmeichlerische Träume
Rückspiegeln ihm die Großtat manchen Tags,
Und seines Klägers Unrecht gegenüber
Anklammernd sich an seines *Ruhmes Recht,*
Springt er jetzt auf und ruft: »Versuch es, Stuart!
Schwer wiegt dein Haß, doch schwerer mein Verdienst.
Irland stand auf, – mein Degen warf es nieder,
Cadix bot Trotz, – ich brach den Trotz im Sturm,

Und als des finstren Philipps Riesenflotte,
Wie Goliath prahlend, vor Alt-England trat,
Da barg *mein* Schiff die auserwählte Schleuder, –
Gott gab die Kraft, ich aber schwang den Stein.«

Sir Walter spricht's; die Enge seines Kerkers
Mit raschem Schritt durchmessend, preßt er jetzt
– Als such er Kühlung für die heiße Stirn –
Sein fiebrig Haupt an seines Fensters Gitter,
Und jetzt, durch trübes Scheibenglas hindurch,
Nachblickend der zerrißnen Wolken Zug,
Fährt plötzlich er zurück: ins Glas gekritzelt
Steht »Essex« und ein Sterbekreuz darunter.

Seltsames Spiel! dieselben Wände sind's,
Drin einst – wie er, verklagt auf Tod und Leben –
Sein Nebenbuhler saß, zugleich sein *Opfer,*
Und siehe da! durchs Herz ihm, das noch eben,
Gefälschter Schuld und Klage gegenüber,
Von Ruhmes-Recht geträumt, gehn jetzt die Schauer
Wahrhaft'ger unauslöschbar-tiefer Schuld.
Er zittert, und als scheu zum zweiten Male
Sein Aug er jetzt erhebt, da sind's des Grafen
Schriftzüge nicht, nein, Züge des Gesichts,
Und eine Grabesstimme ruft ihm zu:
»Irland stand auf, – gleich *dir,* ich warf es nieder,
Cadix bot Trotz, – ich nahm's im Sturm, wie *du*;
All meine Schuld, nicht größer als die deine,
War königlicher Gunst verzognes Kind.
Doch fiel mein Haupt, horch auf, es mußte fallen,
Denn sieh, als leise schon das Wörtchen ›Gnade‹
Den Weg vom Herzen auf die Lippe nahm,
Erschlug die Tücke meines Nebenbuhlers

Das süße Wort; – und als der Herrin Huld
Auch da noch schwankte, meinen ›Tod‹ zu schreiben,
Da führte *wer* die Hand? Sir Walter, *du*!
Vernimm: die *alte* Schuld deckt nun die neue;
Bereite dich, du zahlst sie mit dem Tod.«

Die Stimme schwieg; der Morgen kam – – die Zelle
War öd und leer. Doch auf dem Gras des Hofes
Lag Tau der Nacht und Walter Raleighs Blut.

LADY ESSEX
(Fragment)

I

In England wüten zwei Tyrannen:
Der König Jakob und die Pest,
Und jener immer rafft von dannen,
Was diese noch am Leben läßt.
Im Staube liegt die heil'ge Sache
Des Volks und bettelt vor dem Thron,
Schon aber weben Haß und Rache
Dein Siegeskleid – Revolution.
Schon atmet Cromwell, schon allnachtens
Tritt Englands Zukunft vor ihn hin
Und legt die Keime künft'gen Trachtens
In seinen ruhmbegier'gen Sinn,
Schon graut der Tag, nur noch ein kurzes,
So steigt die Sonne blutigrot,
Doch für die Zeichen nahnden Sturzes
Ist jede Stuart-Seele tot.
An Jakobs Hof drückt ihren Stempel
Die Lust noch auf jedwede Stirn,

Noch ist sein Schloß ein Bacchustempel,
Die Flasche gilt, es gilt die Dirn,
Und rast die Pest, ein jedes Opfer
Scheint nur zu rufen: »Frisch gelebt,
Wer weiß es, ob der Tod den Klopfer
Nicht bald an *deiner* Türe hebt«,
Es ist, als ob das nahe Sterben
Dem Leben vollre Reize leiht,
Man jagt in Lust darum zu werben,
Genuß ist Losungswort der Zeit.

DIE BRÜCK AM TAY
(28. Dezember 1879)

When shall we three meet again.
Macbeth

»Wann treffen wir drei wieder zusamm?«
»Um die siebente Stund, am Brückendamm.«
»Am Mittelpfeiler.«
»Ich lösche die Flamm.«
»Ich mit.«

»Ich komme von Norden her.«
»Und ich von Süden.«
»Und ich vom Meer.«

»Hei, das gibt einen Ringelreihn,
Und die Brücke muß in den Grund hinein.«

»Und der Zug, der in die Brücke tritt
Um die siebente Stund?«

»Ei, der muß mit.«
»Muß mit.«

»Tand, Tand,
Ist das Gebilde von Menschenhand!«

Auf der *Norderseite*, das Brückenhaus –
Alle Fenster sehen nach Süden aus,
Und die Brücknersleut, ohne Rast und Ruh
Und in Bangen sehen nach Süden zu,
Sehen und warten, ob nicht ein Licht
Übers Wasser hin »ich komme« spricht,
»Ich komme, trotz Nacht und Sturmesflug,
Ich, der Edinburger Zug.«

Und der Brückner jetzt: »Ich seh einen Schein
Am anderen Ufer. Das muß er sein.
Nun, Mutter, weg mit dem bangen Traum,
Unser Johnie kommt und will seinen Baum,
Und was noch am Baume von Lichtern ist,
Zünd alles an wie zum Heiligen Christ,
Der will heuer *zweimal* mit uns sein, –
Und in elf Minuten ist er herein.«

Und es war der Zug. Am *Süder*turm
Keucht er vorbei jetzt gegen den Sturm,
Und Johnie spricht: »Die Brücke noch!
Aber was tut es, wir zwingen es doch.
Ein fester Kessel, ein doppelter Dampf,
Die bleiben Sieger in solchem Kampf,
Und wie's auch rast und ringt und rennt,
Wir kriegen es unter: das Element.

Und unser Stolz ist unsre Brück;
Ich lache, denk ich an früher zurück,
An all den Jammer und all die Not
Mit dem elend alten Schifferboot;
Wie manche liebe Christfestnacht
Hab ich im Fährhaus zugebracht,
Und sah unsrer Fenster lichten Schein,
Und zählte, und konnte nicht drüben sein.«

Auf der Norderseite, das Brückenhaus –
Alle Fenster sehen nach Süden aus,
Und die Brücknersleut ohne Rast und Ruh
Und in Bangen sehen nach Süden zu;
Denn wütender wurde der Winde Spiel,
Und jetzt, als ob Feuer vom Himmel fiel',
Erglüht es in niederschießender Pracht
Überm Wasser unten … Und wieder ist Nacht.

»Wann treffen wir drei wieder zusamm?«
»Um Mitternacht, am Bergeskamm.«
»Auf dem hohen Moor, am Erlenstamm.«

»Ich komme.«
»Ich mit.«
»Ich nenn euch die Zahl.«
»Und ich die Namen.«
»Und ich die Qual.«
»Hei!
Wie Splitter brach das Gebälk entzwei.«

»Tand, Tand,
Ist das Gebilde von Menschenhand.«

JOHN MAYNARD

John Maynard!

»Wer ist John Maynard?«

»John Maynard war unser Steuermann,
Aus hielt er, bis er das Ufer gewann,
Er hat uns gerettet, er trägt die Kron,
Er starb für uns, unsre Liebe sein Lohn.
John Maynard.«

Die »Schwalbe« fliegt über den Erie-See,
Gischt schäumt um den Bug wie Flocken von Schnee,
Von Detroit fliegt sie nach Buffalo –
Die Herzen aber sind frei und froh,
Und die Passagiere, mit Kindern und Fraun,
Im Dämmerlicht schon das Ufer schaun,
Und plaudernd an John Maynard heran
Tritt alles: »Wie weit noch, Steuermann?«
Der schaut nach vorn und schaut in die Rund:
»Noch dreißig Minuten … Halbe Stund.«

Alle Herzen sind froh, alle Herzen sind frei –
Da klingt's aus dem Schiffsraum her wie ein Schrei,
»Feuer« war es, was da klang.
Ein Qualm aus Kajüt und Luke drang,
Ein Qualm, dann Flammen lichterloh,
Und noch zwanzig Minuten bis Buffalo.

Und die Passagiere, buntgemengt,
Am Bugspriet stehn sie zusammengedrängt,
Am Bugspriet vorn ist noch Luft und Licht,

Am Steuer aber lagert sich's dicht,
Und ein Jammern wird laut: »Wo sind wir? wo?«
Und noch fünfzehn Minuten bis Buffalo.

Der Zugwind wächst, doch die Qualmwolke steht,
Der Kapitän nach dem Steuer späht,
Er sieht nicht mehr seinen Steuermann,
Aber durchs Sprachrohr fragt er an:
»Noch da, John Maynard?«
»Ja, Herr. Ich bin.«
»Auf den Strand. In die Brandung.«
»Ich halte drauf hin.«
Und das Schiffsvolk jubelt: »Halt aus. Hallo.«
Und noch zehn Minuten bis Buffalo.

»Noch da, John Maynard?« Und Antwort schallt's
Mit ersterbender Stimme: »Ja, Herr, ich halt's.«
Und in die Brandung, was Klippe, was Stein,
Jagt er die »Schwalbe« mitten hinein,
Soll Rettung kommen, so kommt sie nur *so*.
Rettung: der Strand von Buffalo.

Das Schiff geborsten. Das Feuer verschwelt.
Gerettet alle. Nur *einer* fehlt!

Alle Glocken gehn; ihre Töne schwelln
Himmelan aus Kirchen und Kapelln,
Ein Klingen und Läuten, sonst schweigt die Stadt,
Ein Dienst nur, den sie heute hat:
Zehntausend folgen oder mehr,
Und kein Aug im Zuge, das tränenleer.

Sie lassen den Sarg in Blumen hinab,
Mit Blumen schließen sie das Grab,
Und mit goldner Schrift in den Marmorstein
Schreibt die Stadt ihren Dankspruch ein:
»Hier ruht John Maynard. In Qualm und Brand
Hielt er das Steuer fest in der Hand,
Er hat uns gerettet, er trägt die Kron,
Er starb für *uns,* unsre Liebe sein Lohn.
John Maynard.«

DER TOD DES LETZTEN GRAFEN VON RUPPIN 1524

(Nach dem Alt-Märkischen)

Der edle Herr Wichmann zog jagen aus,
Eine *»falsche Frau«* ließ er zu Haus
Mit ihren vergüldeten Ringen.

»Ach Karsten, mir ist im Herzen so weh,
Laß uns heimziehn, daß ich die Mutter seh,
Ich mag nicht länger reiten.«

Sie machten ihm eine Stube heiß,
Darinnen ein Bett, so weich und weiß,
Drin sollte der Herre ruhen.

Sie schenkten ihm Met und italischen Wein,
Das nahm dem Herrn das Leben sein,
Dem edlen Herrn Wichmanne.

»Großmutter und liebe Schwester mein,
Steckt in meinen Mund ein Tüchelein
Und kühlet meine Zunge.

Daß ich nun von euch scheiden soll, –
Ach, der bittre Tod, der will es wohl,
Und ich möchte so gern noch leben.«

Einen schwarzen Wagen, drin legten sie ihn,
Sie führten zu Nacht ihn nach Neuen-Ruppin,
Sie begruben ihn in das Kloster.

Sie schossen ihm nach sein' Helm und Schild,
Sie hingen auf sein Wappenbild
Am Pfeiler im hohen Chore.

Die alte Gräfin murmelte still:
»Nun muß ich wollen, was ich nicht will,
Und leben, – ich, die *letzte.*«

WANGELINE VON BURGSDORF
oder
DIE WEISSE FRAU
(Fragment)

Das ist die Sage: Und will Gefahr
Die Hohenzollern umgarnen,
Da wird lebendig ein alter Fluch,
Die *Weiße Frau* im Schleiertuch
Zeigt sich, um zu warnen.

Sie kommt dreimal, geht um dreimal,
Zögernder immer und trüber,
Die Wache ruft ihr Halt-Werda nicht mehr,
Sie weiß, *den* Gast schreckt kein Gewehr; –
Der Schatten schreitet vorüber.

Die Lichter verglühn, im Schloß wird's still,
Nur eine, die sich noch schmücken will,
Sie tritt an den Spiegel und löst ihr Haar,
Wangeline die schöne, wie schön sie war.

Sie schmückt sich; für wen? für ihren Galan:
Kurt Jagow hat es ihr angetan;
Sie sahen sich viel, sie küßten sich oft,
Wird heut er kommen; sie harrt, sie hofft.

Sie hofft, und wirft mit schimmernder Hand
Ihr schwarzes Haar übers weiße Gewand,
Sie flüstert: »Ich lieb ihn mit Seel und Leib,
Was soll mich kümmern sein gramblaß Weib.

Und ob ihr bräche das Herz in der Brust,
Je blasser die Tote, je röter die Lust,
Feigherzig Gewissen, fahr hin, fahr hin,
Es brennt mein Blut und es schwindelt mein Sinn.«

Sie spricht es. Da sieh, hellblendender Schein
Fällt von der Tür in den Spiegel hinein;
Sie wendet sich um, aufschreit sie jäh –
Ein trat Kurfürstin *Dorothee.*

Die zittert selbst. In bebender Hand
Mit bebt die Kerze, halb niedergebrannt …

DER ALTE DESSAUER

Ich will ein Lied euch singen!
Mein Held ist eigner Art:
Ein Zopf vor allen Dingen,
Dreimaster, Knebelbart,
Blitzblank der Rock vom Bürsten
Und jeder Knopf wie Gold, –
Ihr merkt, es gilt dem Fürsten,
Dem alten *Leopold.*

All Wissenschaft und Dichtung
Sein Lebtag er vermied,
Und sprach er je von *»Richtung«*,
Meint' er in Reih und Glied;
Statt Opern aller Arten
Hatt er nur einen Marsch,
Und selbst mit Schriftgelahrten
Verfuhr er etwas barsch.

Nicht mocht er Phrasen türmen
Von Fortschritt, glatt und schön,
Er wußte nur zu stürmen
Die Kesselsdorfer Höhn;
Er hielt nicht viel vom Zweifel,
Und wen'ger noch vom Spott,
Er war ein dummer Teufel
Und glaubte noch an Gott.

Ja, ja, er war im Leben
Beschränkt, wie man's so heißt,
Und soll ich Antwort geben,
Warum mein Lied ihn preist?

Nun denn, weil nie mit Worten
Er seine Feinde fraß,
Und weil ihm rechter Orten
So Herz wie Galle saß.

Wir haben viel von Nöten
Trotz allem guten Rat,
Und sollten schier erröten
Vor solchem Mann der Tat;
Verschnittnes Haar im Schopfe
Macht nicht allein den Mann, –
Ich halt es mit dem Zopfe,
Wenn solche Männer dran.

DER ALTE ZIETEN

Joachim Hans von Zieten,
Husaren-General,
Dem Feind die Stirne bieten,
Er tat's wohl hundert Mal;
Sie haben's all erfahren,
Wie er die Pelze wusch
Mit seinen Leibhusaren,
Der *Zieten* aus dem Busch.

Hei, wie den Feind sie bleuten,
Bei Hennersdorf und Prag,
Bei Liegnitz und bei Leuthen,
Und weiter Schlag auf Schlag;
Bei Torgau, Tag der Ehre,
Ritt selbst der Fritz nach Haus,

Doch *Zieten* sprach: »Ich kehre
Erst noch mein Schlachtfeld aus.«

Sie kamen nie alleine,
Der *Zieten* und der *Fritz*,
Der Donner war der eine,
Der andre war der Blitz.
Es wies sich keiner träge,
Drum schlug's auch immer ein,
Ob warm, ob kalte Schläge,
Sie pflegten gut zu sein. –

Der Friede war geschlossen,
Doch Krieges Lust und Qual,
Die alten Schlachtgenossen
Durchlebten's noch einmal;
Wie Marschall *Daun* gezaudert
Und *Fritz* und *Zieten* nie,
Es ward jetzt durchgeplaudert
Bei Tisch, in Sanssouci.

Einst mocht es ihm nicht schmecken,
Und sieh, der Zieten schlief,
Ein Höfling wollt ihn wecken,
Der König aber rief:
»Laßt schlafen mir den Alten,
Er hat in mancher Nacht
Für uns sich wach gehalten,
Der hat genug gewacht.« –

Und als die Zeit erfüllet
Des alten Helden war,
Lag einst, schlicht eingehüllet,

Hans Zieten, der Husar:
Wie selber er genommen
Die Feinde stets im Husch,
So war der Tod gekommen
Wie Zieten aus dem Busch.

SEYDLITZ

1. Herr Seydlitz auf dem Falben

Herr *Seydlitz* auf dem Falben
Sprengt an die Front heran,
Sein Aug ist allenthalben,
Er mustert Roß und Mann,
Er reitet auf und nieder
Und blickt so lustig drein,
Da wissen's alle Glieder:
Heut wird ein Tanzen sein.

Noch weit sind die Franzosen;
Doch *Seydlitz* will zu Ball,
Die gelben Lederhosen,
Sie sitzen drum so prall;
Schwarz glänzen Hut und Krempe,
Im Sonnenschein zumal,
Und gar die blanke Plempe
Blitzt selbst wie Sonnenstrahl.

Sie brechen auf von Halle,
Die Tänzer allbereit,
Bis Gotha hin zu Balle
Ist freilich etwas weit,
Doch *Seydlitz,* vorwärts trabend,

Spricht: »Kinder, wohlgemut!
Ich denk, ein lust'ger Abend
Macht alles wieder gut.«

Die Nacht ist eingebrochen;
Zu Gotha, auf dem Schloß,
Welch Tanzen da und Kochen
In Saal und Erdgeschoß,
Die Tafel trägt das Beste
An Wein und Wild und Fisch –
Da, ungebetne Gäste
Führt *Seydlitz* an den Tisch.

Die Witz- und Wortspiel-Jäger
Sind fort mit einem Satz,
Die Schwert- und Stulpen-Träger,
Sie nehmen hurtig Platz;
Herr *Seydlitz* bricht beim Zechen
Den Flaschen all den Hals,
Man weiß, das Hälsebrechen
Verstund er allenfalls.

Getrunken und gegessen
Hat jeder, was ihm scheint,
Dann heißt es: »Aufgesessen
Und wieder nach dem Feind!«
Der möchte sich verschnaufen
Und hält bei Roßbach an,
Doch nur, um fortzulaufen
Mit neuen Kräften dann. –

Das waren *Seydlitz'* Späße;
Bei Zorndorf galt es Zorn,

Als ob's im Namen säße,
Nahm man sich da aufs Korn;
Das slawische Gelichter –
Herr *Seydlitz* hoffte traun
Noch menschliche Gesichter
Aus ihnen zuzuhaun.

Des Krieges Blutvergeuden,
Die Fürsten kriegten's satt;
Nur *Seydlitz* wenig Freuden
An ihrem Frieden hat.
Oft jagt er drum vom Morgen
Bis in die Nacht hinein,
Es können dann die Sorgen
So schnell nicht hinterdrein.

Er kam nicht hoch zu Jahren,
Früh trat herein der Tod:
Könnt er zu Rosse fahren,
Da hätt's noch keine Not;
Doch auf dem Lager, balde
Hat ihn der Tod besiegt,
Der draußen auf der Halde
Noch lang ihn nicht gekriegt.

2. Seydlitz und der Bürgermeister von Ohlau

In Ohlau der Bürgermeister der Stadt
Eine weiße Zippelmütze hat; –
Gegenüber im Kommandantenhaus
Sieht *Seydlitz* morgens zum Fenster hinaus.

Und jeden Morgen, unentwegt,
Sich auch Zippelmütz ins Fenster legt,
Und wenn der *Seydlitz* drüben schmaucht,
Auch Zippelmütze sein Pfeifchen raucht,
Und wenn der *Seydlitz* zum Räuspern ruckt,
Hat Zippelmütze schon ausgespuckt.

Das ärgert den *Seydlitz*. »Philistergesicht.
Affront dazu; das lieb ich nicht.«
Und er nimmt Pistolen links von der Wand,
Zielt hinüber mit sichrer Hand,
Zielt und schießt auf dreißig Schritt,
Eine zweite Kugel und nun eine dritt,
Es spritzt der Kalk; – der drüben heiter
Zieht seine Mütze, raucht aber weiter,
Und *Seydlitz* lacht: »Verfluchte Visage.
Aber der Kerl hat Courage.«

Das war im Frieden. Nun steht die Schlacht:
Seydlitz wartet und *Seydlitz* wacht,
An strahlt ihn der Ruhm, er steigt zu Pferde,
Hundert Schwadronen, es donnert die Erde;
Gestern in Ohlau im Fenster liegen,
Heute bei Zorndorf siegen, siegen, –
Wie kam der Wandel! Fragt nicht *wie*.
Klein im Kleinen, im Großen Genie.

3. Und Calcar, das ist Sporn

In Büchern und auf Bänken,
Da war er nicht zu Haus,
Ein Pferd im Stall zu tränken,
Das sah schon besser aus;

An schnallt er die silbernen Sporen,
Blaustählern war der Dorn, –
Zu *Calcar* war er geboren,
Und Calcar, das ist Sporn.

Es sausen die Windmühlflügel,
Es klappern Leiter und Steg,
Da, mit verhängtem Zügel
Geht's unter dem Flügel weg,
Und bückend sich vom Pferde,
'nen vollen Büschel Korn
Aus reißt er aus der Erde, –
Hei, Calcar, das ist Sporn.

Sie reiten über die Brücken,
Und Friedrich scherzt: »Je nun,
Hie Feind in Front und Rücken,
Seydlitz, was würd Er tun?«
Der, über die Brückenwandung,
Spornt er halblinks nach vorn,
Der Strom schäumt auf wie Brandung, –
Ja, Calcar, das ist Sporn.

Und andre Zeiten wieder;
O kurzes Heldentum,
Zu Tode liegt er danieder
Und lächelt: »Was ist Ruhm?
Ich höre nun allerwegen
Eines stärkeren Reiters Horn,
Aber auch ihm entgegen, –
Denn Calcar, das ist Sporn.«

SCHWERIN

Nun aber soll erschallen
Dir Preis und Ruhm, *Schwerin,*
Der du vor Prag gefallen,
Beim Sturme der Battrien;
Es lebt, in eins verschlungen,
»Schwerin« und »Schlacht bei Prag«,
Drum sei dein Lob gesungen
Durch deinen Ehrentag. –

Des sechsten Maies Morgen
Schwebt über Berg und Au,
Der Feind ist wohlgeborgen
Durch Gräben und Verhau;
Es halten seine Flügel
Die Höhen rings besetzt,
Ein feuerspeinder Hügel
Ist jede Kuppe jetzt.

Hier wird die Schlacht geschlagen!
Steil ist die Bergesbahn,
Doch siegen und nicht wagen,
Das heißt nur halb getan;
Die Grenadiere stürmen,
Kartätschen prasseln drauf,
Und *vor* den Hügeln türmen
Sich Leichenhügel auf.

Am Boden liegt vernichtet
Schwerins Leib-Bataillon;
Ein Eichwald, tief gelichtet,
So steht ein zweites schon;

Getroffen sinkt danieder
Genral von *Winterfeld*,
Und die zerschoßnen Glieder
Nichts mehr im Feuer hält.

Sie fliehn. Die alte Erde
Bebt selbst, als ob ihr's graut,
Da steigt *Schwerin* vom Pferde:
»Mir nach«, so ruft er laut;
Er faßt die alte Fahne,
Noch nie zur Flucht gewandt,
Daß er den Sieg erbahne
Mit seiner Greisenhand. –

Die Hügel sind erstiegen,
Die Kaiserlichen fliehn,
Doch trauervolles Siegen,
Im Sterben liegt – *Schwerin;*
Vier Kugeln, erzgegossen,
Sie haben ihn zerfetzt,
Die Fahne, die zerschossen,
Sein Bahrtuch ist sie jetzt.

Die Truppen ziehn vorüber
Mit dumpfem Trommelschlag,
Solch Tag des Glücks ist trüber
Als mancher Unglückstag;
Wie Wetterwolken-Schwere
Sieht man's am Himmel ziehn,
Sie ziehen vorauf dem Heere,
Sich lagernd über – *Kolin.*

KEITH

Da, wo der Strom der Schotten,
Der Tay vom Felsen springt,
Wo's noch in Schlucht und Grotten
Von Bruce und Wallace klingt,
Am Tay, wo blut'ge Siege
Jedweden Fleck geweiht,
Dort stand auch deine Wiege,
Feldmarschall *Jakob Keith.*

Es sang die Hochlandsamme
Mit Schlachten dich in Ruh
Aus ihrem Clan und Stamme
Pries sie die Helden dazu;
Drum, eh der Bart am Kinne
Dir sproßte noch hervor,
Standst du, voll Mannessinne,
Schon mit bei Sherifmoor.

Du standest bei den Schwachen,
Die Stuarts mußten fliehn,
Es trug auch dich ein Nachen
Gen Frankreichs Küste hin;
Ein Kunst- und Wanderleben
Hob an, von Land zu Land:
Gastrollen tätst du geben,
Den Degen in der Hand.

Du spieltest alle Rollen,
Den Höfling selbst, mit Glück,
Doch schöpfen aus dem vollen
Ließ dich das Ritterstück;

Das war dein Fach, das Kühne,
Der Mut bis in den Tod,
Und mancher schlechten Bühne
Halfst du aus arger Not. –

Es gab nur eine Truppe
Damals von gutem Ruf,
Das war die glänzende Gruppe,
Die *Friedrich* um sich schuf;
Es suchte sein Theater
Talente weit und breit,
Und sieh, gewinnen tat er
Auch dich auf Lebenszeit.

Nur immer Muster-Dramen
Gab's da, mal hier, mal dort:
Vor lauter Handlung kamen
Die Spieler kaum zu Wort;
Abwechselnd zu Fuß und zu Rosse
Gab's Lust- und Trauerspiel,
Bei Roßbach, jene Posse
Vor allen wohlgefiel.

Da kam, voll Tod und Wetter,
Von Hochkirch jene Nacht,
Du mußtest auf die Bretter,
O *Keith,* eh du's gedacht:
Das gab kein sichres Spielen,
Nur Wirrwarr und Geschrei,
Und wenn Stichworte fielen,
War's vollends erst vorbei.

Der Vorhang sollte fallen,
Du aber, rings bedroht,
Riefst: »Bestes Stück von allen
Bleibt ehrenvoller Tod!«
Und so, im Kugelregen,
Tratst du vom Schauplatz ab; –
Laß auf dein Grab mich legen
Dies Lied zum Feldherrnstab.

PRINZ LOUIS FERDINAND

Sechs Fuß hoch aufgeschossen,
Ein Kriegsgott anzuschaun,
Der Liebling der Genossen,
Der Abgott schöner Fraun,
Blauäugig, blond, verwegen
Und in der jungen Hand
Den alten Preußen-Degen –
Prinz Louis Ferdinand.

Die Generalitäten
Kopfschütteln früh und spät,
Sie räuspern sich und treten
Vor Seine Majestät,
Sie sprechen: »Nicht zu dulden
Ist dieser Lebenslauf,
Die Mädchen und die Schulden
Zehren den Prinzen auf.«

Der König drauf mit Lachen:
»Dank schön, ich wußt es schon;
Es gilt ihn kirr zu machen,

Drum: Festungs-Garnison;
Er muß in die Provinzen
Und nicht länger hier verziehn,
Nach Magdeburg mit dem Prinzen
Und *nie* Urlaub nach Berlin.«

Der Prinz vernimmt die Märe,
Saß eben bei seinem Schatz:
»Nach Magdeburg, auf Ehre,
Das ist ein schlimmer Platz!«
Er meldet sich am Orte,
Und es spricht der General:
»Täglich elf Uhr zum Rapporte
Ein für allemal!«

O Prinz, das will nicht munden,
Doch denkt er: »Sei gescheit,
Volle vierundzwanzig Stunden
Sind eine hübsche Zeit,
Relais, viermal verschnaufen,
Auf dem Sattel Nachtquartier,
Und kann's *ein* Pferd nicht laufen,
So laufen's ihrer vier.«

Hin fliegt er wie die Schwalben,
Fünf Meilen ist Station,
Vom Braunen auf den Falben,
Das ist die Havel schon,
Vom Rappen auf den Schimmel,
Nun faßt die Sehnsucht ihn,
Drei Meilen noch – hilf Himmel,
Prinz Louis in Berlin.

Gegeben und genommen
Wird einer Stunde Glück,
Dann, flugs wie er gekommen,
Im Fluge geht's zurück,
Elf Uhr am andern Tage
Hält er am alten Ort,
Und mit dem Glockenschlage
Da steht er zum Rapport. –

Das war nur bloßes Reiten,
Doch wer so reiten kann,
Der ist in rechten Zeiten
Auch wohl der rechte Mann;
Schon über Tal und Hügel
Stürmt ostwärts der Koloß, –
Prinz Louis sitzt am Flügel
Im Rudolstädter Schloß.

Es blitzt der Saal von Kerzen,
Zwölf Lichter um ihn stehn,
Nacht ist's in seinem Herzen
Und Nacht nur kann er sehn,
Die Töne schwellen, rauschen,
Es klingt wie Lieb und Haß,
Die Damen stehn und lauschen,
Und was er spielt ist *das*:

»Zu spät zu Kampf und Beten,
Der Feinde Rosses-Huf
Wird über Nacht zertreten,
Was ein Jahrhundert schuf,
Ich seh es fallen, enden,
Und wie alles zusammenbricht,

Ich kann den Tag nicht wenden,
Aber *leben* will ich ihn nicht.«

Und als das Wort verklungen,
Rollt Donner schon der Schlacht,
Er hat sich aufgeschwungen,
Und sein Herze noch einmal lacht,
Vorauf den andern allen
Er stolz zusammenbrach,
Prinz Louis war gefallen
Und Preußen fiel – ihm nach.

KAISER FRIEDRICH III.

1. Letzte Fahrt
(6. Juni 1888)

»Ich sähe wohl gern« (er sprach es stumm)
»Noch einmal die Plätze hier herum,
Am liebsten auf Alt-Geltow zu, –
Und ihr kommt mit, die Kinder und du.«

Das Dorf, es lag im Sonnenschein,
In die stille Kirche tritt er ein,
Die Wände weiß, die Fenster blank,
Zu beiden Seiten nur Bank an Bank,
Und auf der letzten – er blickt empor
Auf Orgel und auf Orgelchor
Und wendet sich und spricht: »Wie gern
Vernähm ich noch einmal ›*Lobe den Herrn*‹;
Den Lehrer im Feld, ich mag ihn nicht stören,
Vicky, laß du das Lied mich hören.«

Und durch die Kirche, klein und kahl,
Als sprächen die Himmel, erbraust der Choral,
Und wie die Töne sein Herz bewegen,
Eine Lichtgestalt tritt ihm entgegen,
Eine Lichtgestalt, an den Händen beiden
Erkennt er die Male: »Dein Los war Leiden.
Du lerntest dulden und entsagen,
Drum sollst du die Krone des Lebens tragen.
Du siegtest, nichts soll dich fürder beschweren:
Lobe den mächtigen König der Ehren ...«

Die Hände gefaltet, den Kopf geneigt,
So lauscht er der Stimme.
Die Orgel schweigt.

2. *Letzte Begegnung*
(14. Juni 1888)

König Oskar, vom Mälar kommt er daher,
Fährt über den Sund, fährt über das Meer,
Nun sieht er die Küste: Deutsches Land,
Heide, Kiefer, märkischen Sand,
Und nun Avenuen und Schloß und Alleen, –
Er kommt, um den sterbenden Kaiser zu sehn.

Dem melden sie's. »König Oskar ist da.«
Kaiser Friedrich wie suchend um sich sah,
Ein leuchtend Bildnis hängt an der Wand,
Sein Bildnis von Angelis Meisterhand,
Orangeband, Orden, Helmbuschzier,
Pasewalker Kürassier,
Er blickt drauf hin und den Blick sie verstehn:
»*So soll* mich König Oskar sehn.«

Und sie legen ihm Koller und Küraß an,
Aufrecht noch einmal der sterbende Mann,
Aufrecht und hager und todesfahl –
König Oskar tritt in den Marmorsaal,
Sprechen will er, er kann es nicht,
Ein Tränenstrom seinem Aug entbricht,
Da steht sein Freund in des Jammers Joch,
Gebrochen und doch ein Kaiser noch:
Den Pallasch zur Seite, den Helm in Hand,
Kaiser Friedrich vor König Oskar stand.

»Bild einst von Größe, Schönheit, Glück,
Das ist das letzte, *das* blieb zurück«;
Stumm neigt sich der König, und noch einmal,
Und nun zum dritten und – läßt den Saal.

3. Grabschrift

Du kamst nur, um dein heilig Amt zu schaun,
Du fandst nicht Zeit, zu bilden und zu baun,
Nicht Zeit, der Zeit den Stempel aufzudrücken,
Du fandst nur eben Zeit noch, zu beglücken,
Du sahst dein Reich und ließ'st es deinem Erben,
Du fandst nur Zeit, um wie ein Held zu sterben.

4. Ré Umbertos Kranz

»... Im alten Dom zu Monza ruht die Krone,
Die *eiserne. Die* trug er. Doch zu Monza
Blüht auch des Lorbeers viel in meinen Gärten.
Pflückt von dem Lorbeer, und vom dunkelschönsten
Schlingt einen Kranz, – *der* Kranz soll mich begleiten

Bis hin zur Ruhstätt meines Martyrfreundes,
Bis in die Friedenskirche.
Siegeslorbeer,
Nicht Friedenspalmen will ich niederlegen
Auf seinen Sarg. Wozu noch Friedenspalmen?
Er hat, was er ersehnt, – *er hat* den Frieden.«

HERR VON RIBBECK AUF RIBBECK IM HAVELLAND

Herr von Ribbeck auf Ribbeck im Havelland,
Ein Birnbaum in seinem Garten stand,
Und kam die goldene Herbsteszeit
Und die Birnen leuchteten weit und breit,
Da stopfte, wenn's Mittag vom Turme scholl,
Der von Ribbeck sich beide Taschen voll,
Und kam in Pantinen ein Junge daher,
So rief er: »Junge, wiste 'ne Beer?«
Und kam ein Mädel, so rief er: »Lütt Dirn,
Kumm man röwer, ick hebb 'ne Birn.«

So ging es viel Jahre, bis lobesam
Der von Ribbeck auf Ribbeck zu sterben kam.
Er fühlte sein Ende. 's war Herbsteszeit,
Wieder lachten die Birnen weit und breit,
Da sagte von Ribbeck: »Ich scheide nun ab.
Legt mir eine Birne mit ins Grab.«
Und drei Tage drauf, aus dem Doppeldachhaus,
Trugen von Ribbeck sie hinaus,
Alle Bauern und Büdner, mit Feiergesicht,
Sangen »Jesus meine Zuversicht«,

Und die Kinder klagten, das Herze schwer,
»He is dod nu. Wer giwt uns nu 'ne Beer?«

So klagten die Kinder. Das war nicht recht,
Ach, sie kannten den alten Ribbeck schlecht,
Der *neue* freilich, der knausert und spart,
Hält Park und Birnbaum streng verwahrt,
Aber der *alte*, vorahnend schon
Und voll Mißtraun gegen den eigenen Sohn,
Der wußte genau, was damals er tat,
Als um eine Birn ins Grab er bat,
Und im dritten Jahr, aus dem stillen Haus,
Ein Birnbaumsprößling sproßt heraus.

Und die Jahre gehen wohl auf und ab,
Längst wölbt sich ein Birnbaum über dem Grab,
Und in der goldenen Herbsteszeit
Leuchtet's wieder weit und breit.
Und kommt ein Jung übern Kirchhof her,
So flüstert's im Baume: »Wiste 'ne Beer?«
Und kommt ein Mädel, so flüstert's: »Lütt Dirn,
Kumm man röwer, ick gew di 'ne Birn.«

So spendet Segen noch immer die Hand
Des von Ribbeck auf Ribbeck im Havelland.

ALLEIN. UND ÜBER LETZTES

AUF DER REISE

Der Wagen rollt, das Posthorn tönt
In stille Nacht hinein,
Und rings das duft'ge Tal verschönt
Des Abendsternes Schein.

Und ob ich fahre kreuz und quer,
Und viele Meilen weit,
Der Stern zieht immer nebenher
Und gibt mir das Geleit. –

BEKENNTNIS

Ich bin ein unglückselig Rohr:
   Gefühle und Gedanken
Seh rechts und links, zurück und vor,
   In jedem Wind, ich schwanken.

Da liegt nichts zwischen Sein und Tod,
   Was ich nicht schon erflehte:
Heut bitt ich um des Glaubens Brot,
   Daß morgen ich's zertrete;

Bald ist's im Herzen kirchenstill,
   Bald schäumt's wie Saft der Reben,
Ich weiß nicht, was ich soll und will; –
   Es ist ein kläglich Leben!

Dich ruf ich, der das Kleinste du
   In deinen Schutz genommen,

Gönn meinem Herzen Halt und Ruh,
Gott, laß mich nicht verkommen;

Leih mir die Kraft, die mir gebricht,
Nimm weg, was mich verwirret,
Sonst lösch es aus, dies Flackerlicht,
Das über Sümpfe irret!

ALLES STILL!

Alles still! es tanzt den Reigen
Mondenstrahl in Wald und Flur,
Und darüber thront das Schweigen
Und der Winterhimmel nur.

Alles still! vergeblich lauschet
Man der Krähe heisrem Schrei,
Keiner Fichte Wipfel rauschet
Und kein Bächlein summt vorbei.

Alles still! die Dorfes-Hütten
Sind wie Gräber anzusehn,
Die, von Schnee bedeckt, inmitten
Eines weiten Friedhofs stehn.

Alles still! nichts hör ich klopfen
Als mein Herze durch die Nacht; –
Heiße Tränen niedertropfen
Auf die kalte Winterpracht.

DER GAST

Das Kind ist krank zum Sterben,
Die Lampe gibt trägen Schein,
Die Mutter spricht: Mir ist es,
Als wären wir nicht allein.

Der Vater sucht zu lächeln,
Doch im Herzen pocht's ihm bang,
Stiller wird's und stiller –
Die Nacht ist gar zu lang.

Nun scheint der Tag ins Fenster,
Die Vögel singen so klar;
Die beiden wußten lange,
Wer der Gast gewesen war.

MEIN HERZE, GLAUBT'S IST NICHT ERKALTET

Mein Herze, glaubt's, ist nicht erkaltet,
Es glüht in ihm so heiß wie je,
Und was ihr drin für Winter haltet,
Ist Schein nur, ist gemalter Schnee.

Doch was in alter Lieb ich fühle,
Verschließ ich jetzt in tiefstem Sinn,
Und trag's nicht fürder ins Gewühle
Der ewig kalten Menschen hin.

Ich bin wie Wein, der ausgegoren:
Er schäumt nicht länger hin und her,

Doch was nach außen er verloren,
Hat er an innrem Feuer mehr.

AUSGANG

Immer enger, leise, leise
Ziehen sich die Lebenskreise,
Schwindet hin, was prahlt und prunkt,
Schwindet Hoffen, Hassen, Lieben,
Und ist nichts in Sicht geblieben
Als der letzte dunkle Punkt.

MEINE GRÄBER

Kein Erbbegräbnis mich stolz erfreut,
Meine Gräber liegen weit zerstreut,
Weit zerstreut über Stadt und Land,
Aber all in märkischem Sand.

Verfallene Hügel, die Schwalben ziehn,
Vorüber schlängelt sich der Rhin,
Über weiße Steine, zerbröckelt all,
Blickt der alte Ruppiner Wall,
Die Buchen stehn, die Eichen rauschen,
Die Gräberbüsche Zwiesprach tauschen
Und Haferfelder weit auf und ab, –
Da ist meiner Mutter Grab.

Und ein andrer Platz, dem verbunden ich bin:
Berglehnen, die Oder fließt dran hin,
Zieht vorüber in trägem Lauf,

Gelbe Mummeln schwimmen darauf.
Am Ufer Werft und Schilf und Rohr
Und am Abhange schimmern Kreuze hervor,
Auf eines fällt heller Sonnenschein, –
Da hat mein Vater seinen Stein.

Der dritte, seines Todes froh,
Liegt auf dem weiten Teltow-Plateau,
Dächer von Ziegel, Dächer von Schiefer,
Dann und wann eine Krüppelkiefer,
Ein stiller Graben die Wasserscheide,
Birken hier und da eine Weide,
Zuletzt eine Pappel am Horizont, –
Im Abendstrahle sie sich sonnt.
Auf den Gräbern Blumen und Aschenkrüge,
Vorüber in Ferne rasseln die Züge,
Still bleibt das Grab und der Schläfer drin, –
Der Wind, der Wind geht drüber hin.

DIE FRAGE BLEIBT

Halte dich still, halte dich stumm,
Nur nicht forschen, warum? warum?

Nur nicht bittre Fragen tauschen,
Antwort ist doch nur wie Meeresrauschen.

Wie's dich auch aufzuhorchen treibt,
Das Dunkel, das Rätsel, die Frage bleibt.

GOODWIN-SAND

Das sind die Bänke von Goodwin-Sand,
Sie sind nicht Meer, sie sind nicht Land,
Sie schieben sich, langsam, satt und schwer,
Wie eine Schlange hin und her.

Und die Schiffe, die mit dem Sturm gerungen
Und die schäumende Wut der Wellen bezwungen
Und die gefahren über die Welt,
Unzertrümmert, unzerschellt,
Sie sehen die Heimat, sie sehen das Ziel,
Da schiebt sich die Schlange unter den Kiel
Und ringelt Schiff und Mannschaft hinab,
Zugleich ihr Tod, zugleich ihr Grab.

Die See ist still, die Ebb ist nah,
Mastspitzen ragen hier und da,
Und wo sie ragen in die Luft,
Da sind es Kreuze über der Gruft;
Ein Kirchhof ist's, halb Meer, halb Land, –
Das sind die Bänke von Goodwin-Sand.

DAS LETZTE LIED

Führ mich dort zu jener Eiche,
Wo ich oft mit ihr geruht,
Dort bestatte meine Leiche,
Freund, dort räche einst mein Blut.

Drücke jetzt auf meine Wunde
Fest ein Blatt vom Eichenbaum;

Träumen möcht ich eine Stunde
Noch den schönen Lebenstraum.

Eile, wenn das Blatt gerötet,
Zu dem Liebchen alsobald,
Sag ihr, daß mich *der* getötet,
Der sie meine Buhlin schalt.

Bring ihr – nicht viel tausend Grüße,
Nein, nur *einen* Abschiedsgruß,
Tröste sie, daß meiner Küsse
Sie ein wenig harren muß.

Nenn ihr auch die letzte Bitte,
Die mein sterbend Herz bewegt,
Daß dies Blatt sie in die Mitte
Aller meiner Lieder legt.

Hab ich doch damit besiegelt
Mit dem roten Herzensblut,
Was sich in den Liedern spiegelt
Und im Herzen mir geruht.

Nimm! – das Blatt ist nun beschrieben;
– Weh, die heiße Wunde brennt, –
Freund, ich fühl es, nicht mein Lieben,
Nur mein Leben geht zu End. –

HEIMKEHR

Schon ist die Sonne längst geschieden,
Im Sternenkleid erschien die Nacht,
Und hat der Erde Ruh und Frieden
Und süßen Schlummer mitgebracht.

Die Vögel haben auf den Bäumen
Ihr Lied mit einem Traum vertauscht,
Und selbst der Strom scheint nur zu träumen,
Wenn seine Welle leise rauscht.

Der Mond geht auf. Bleich ist er wieder,
Und bleicher fast, als sonst er scheint;
Zur Erde sinken Sterne nieder,
Als ob er Sehnsuchtstränen weint. –

Da kommt ein Bursch dahergegangen,
Beflügelt ist sein flücht'ger Fuß,
Weil er des Liebchens Rosenwangen
Und Lippen heut noch küssen muß.

Er grüßt den Strom, die Blumen, Bäume, –
Und glaubt, sie grüßen wieder ihn,
Und liebe, nie vergeßne Träume
Umgaukeln seinen trunknen Sinn.

»Wo fand ich wohl in weiter Ferne
Die Bäum und Blumen so voll Duft!
Wo solchen Himmel, solche Sterne,
Und wo so ätherreine Luft!

Wo schaut ich, wie von dieser Brücke,
In einen solchen Zauberstrom?
Wohin ich wende meine Blicke,
All, überall ein Himmelsdom!«

Da strahlt der bleiche Mond hernieder,
Der hinter Wolken sich verbarg,
Und es erzittern seine Glieder –
Tief in den Fluten steht ein Sarg.

Drin ruht der Mond – der todesbleiche; –
Doch nein – o Gott, was er erschaut,
Ist nicht der Mond, ist – eine Leiche,
Ist seine todesblasse Braut!

Er flieht entsetzt, er eilt zum Städtchen,
Starr ist sein Blick, wild fliegt sein Haar,
Er ist am Ziel, – und schaut sein Mädchen
Wie schlafend auf der Totenbahr.

Er neigt sich weinend zu ihr nieder,
Er hat mit Küssen sie bedeckt,
Gehofft, daß deren Glut auch wieder
Die Lebensglut in ihr erweckt.

Doch als sie bleich und kalt geblieben,
Da schied er von dem Totenhaus,
Es hat ihn plötzlich fortgetrieben,
Er will in alle Welt hinaus;

Will auf der Flut des Meeres wohnen,
Die keine Tränenflut vermehrt,

Will leben unter heißen Zonen,
Wo sie der Wüstensand verzehrt.

Er hat den Stab zur Hand genommen,
Er wandert, – ob das Herz auch bricht, –
Doch als er an den Strom gekommen,
Da fesselt ihn des Mondes Licht;

Da ruht er wiederum, der Bleiche,
Tief unten wie im Totenschrein,
Da scheint er wieder ihm die Leiche
Der hingeschiednen Braut zu sein.

»Wie zieht es mich mit tausend Armen
Hin in den trügerischen Schein!
Ich werde dort sie nicht umarmen,
Dort oben aber bei ihr sein!«

Er sinkt, – er ist hinabgezogen
Zu seiner todesblassen Braut; –
Es rauschen über ihm die Wogen, –
Der bleiche Mond herniederschaut.

DIE LIEBEN STERNE

Auf des Hauses niedrer Schwelle
Saß ich, Wehmut in der Brust,
Sah hinauf zur Sternenhelle, –
Da ergriff mit banger Lust
Sehnsucht mich nach jenen Sternen,
Die, im mildverklärten Schein,

Hoch aus weißen Himmelsfernen
Unsrem Herzen Trost verleihn.

Aber ach, trotz alles Strebens
Nach dem ew'gen Himmelszelt,
War mein Sehnen doch vergebens,
Denn ich blieb der Erdenwelt.
Soll mir nie der Zutritt werden,
Rief ich nun gar traurig aus,
Oh, so schickt herab auf Erden
Einen Stern aus eurem Haus.

Und die lieben, guten Sterne
Haben mich nicht ausgelacht,
Haben trotz der weiten Ferne
Ihres armen Freunds gedacht.
Denn sie weigerten die Bitte
Mir, dem einst Verschmähten, nicht,
Und gesandt aus ihrer Mitte
Strahlt ein zwiefach Doppellicht.

Ach, es strahlt mir, voller Wahrheit;
Treue, Liebe; Glauben, Hoffen;
Meines Sternbilds Sonnenklarheit
Hat wie Zauber mich getroffen.
Teures Bild, verweile lange,
Fern vom heimatlichen Zelt,
Leuchte mir noch auf dem Gange,
Der mich führt in deine Welt.

TODESAHNUNG

Einsam wandre ich bei Nacht,
Höre Trauermelodieen
Durch die Eichengipfel ziehen,
Sanft vom Winde angefacht.

Weh, die düstren Klagelieder
Dringen tief zu meinem Herzen,
Wecken mir die alten Schmerzen
Und die alten Klagen wieder.

Winde wehet! Winde weht!
Alte Eichen klaget, klaget! –
Bald, mein Herz, drum unverzaget,
All dein Leid zu Grabe geht.

IN EMILIES STAMMBUCH

Ich habe oft, wenn mich geblendet
Der Sonne zauberhafte Pracht,
Und ich mich von ihr abgewendet,
In meinem Herzen dein gedacht.

Wie ohne Sonne mir die Erde
Nur schien ein grabesdunkler Schacht,
Gleicht – wenn ich von dir scheiden werde,
Mein ganzes Leben einer Nacht.

IHR BILD

Ich träumte wieder heute Nacht
Von meiner toten Braut,
Und hab, als weinend ich erwacht,
Am Himmel sie erschaut.

Dort stand sie trüb und sehnsuchtsbleich,
Als wär's der Mondenschein,
Und blickte, einem Engel gleich,
Tief in mein Herz hinein.

MEERFAHRT

1.

Grabesstill die Wasserwüste,
Nur die Brandung gärt und kocht
Willenlos an ferner Küste,
Wie mein Herz im Busen pocht.

Wie mein Herz, das eine leere
Öde Wüste gleich der Flut,
Gleich dem todesstillen Meere
Lebt es nur bei Sturmeswut.

2.

Von den Welten, die versanken,
Von den Toten, die ertranken
In den Fluten – träumt die See;
Die Erinnrung weckt Gedanken
In ihr voller Schmerz und Weh. –

Welten, tief in mir versunken,
Läßt auch mich der Höllenfunken
Der Erinnrung wiedersehn,
Und Gedanken – todestrunken
Wild um Sturm und Windsbraut flehn.

3.

Meer, du heißt das ungetreue!
Nun so stürme, stürme laut,
Zeige, daß der Himmelsbläue
Deiner Flut ein Tor vertraut.

Seit die Sprache ihres blauen,
Schönen Auges mich belog,
Treue heuchelnd, um Vertrauen
Und um Liebe mich betrog; –

Muß ja deine Himmelsbläue
Nur der trügerische Schein,
Wie ihr Auge voller Treue
Nichts als eine Lüge sein.

4.

Hei es stürmt! am Firmamente
Schwand der Sonne hehre Pracht,
Und zum Schöpfungselemente
Ward die Welt – zur Chaosnacht.

Jetzt ein Blitz! die Donner rollen,
Wie wenn Gott im Zorne spricht;

Als ob sie verkünden sollen
Schon der Welt das Weltgericht.

Und ich zittre; bleich und trübe
Steigt ein Toter aus der Flut,
Wie in mir die tote Liebe,
Die so tief, so tief geruht.

5.

Grabesstill die Wasserwüste,
Nur die Brandung gärt und kocht
Willenlos an ferner Küste –
Wie mein Herz im Busen pocht.

Leise weint der Himmel nieder
Auf das öde Wassergrab,
Heiße Tränen rinnen wieder
Von den Wangen mir herab.

Ach, der letzte Hoffnungsschimmer
Für mein Herz, – er ist nicht mehr,
An den kalten Busen nimmer
Preßt mich das erstorbne Meer.

SCHMERZ

Wenn längst der Sonne Strahl verglühte,
Die Blumen all der Ruh genießen,
Dann sieht man noch die duft'ge Blüte
Der Nachtviole sich erschließen.

Und sank die Sonn im Westen nieder,
Muß Freud und Lust im Wald verklingen,
Dann hört man noch die Klagelieder
Der Nachtigall den Hain durchdringen.

Und seit die Sonne mir verglühte,
Seit ich der Nacht anheim gefallen,
Erschloß sich mir der Schmerz als Blüte
Und tönt aus meinen Liedern allen.

ABSCHIED

Zögernd steh ich auf der Schwelle,
Biete stumm den Abschiedsgruß
Meiner kerkergleichen Zelle,
Die ich nun verlassen muß.

Ach, wohl hab ich freiheitsflehend
Oft mich weit hinausgesehnt,
Und die ehrnen Fesseln sehend,
Nur zur Qual verdammt gewähnt;

Hab in diesen öden Mauern
Einen Engel eingebüßt,
Dessen Trost der Seele Trauern,
Alle Schmerzen mir versüßt;

Hab umsonst in schweren Tagen
Heiß erfleht ein liebend Herz,
Meinen Kummer mitzutragen,
Und zu lindern meinen Schmerz.

Aber heute, wo die Kette,
Die mich fesselte, zerriß,
Scheid ich von der Leidensstätte
Traurig wie vom Paradies;

Und ich fühl's, wenn von der Erde
Einst mich Gottes Stimme ruft,
Daß auch dann ich zögern werde,
Zu entfliehn der Kerkergruft.

RESIGNATION

Ich kann mir's länger nicht verhehlen,
Die Jugend geht, das Alter kommt,
Beim Wein Geschichtchen zu erzählen
Ist nun die Gabe, die mir frommt.

Was schwarz ist, schätz ich jetzt geringer,
Was blond ist, lieb ich allermeist,
Und dumme, funfzehnjähr'ge Dinger
Entzücken mich durch ihren Geist.

Wenn kichernd sie zusammensitzen,
Flüstern, was jeder wissen kann,
Wer kommt mit seinen besten Witzen
An so viel Lieblichkeit heran.

MEMENTO

Geliebte, willst du doppelt leben,
So sei des Todes gern gedenk,
Und nimm, was dir die Götter geben,
Tagtäglich hin wie ein Geschenk.

Mach dich vertraut mit dem Gedanken,
Daß doch das Letzte kommen muß,
Und statt in Trübsinn hin zu kranken,
Wird dir das Dasein zum Genuß.

Du magst nicht länger mehr vergeuden
Die Spanne Zeit in eitlem Haß,
Du freust dich reiner deiner Freuden
Und sorgst nicht mehr um dies und das.

Du setzest an die rechte Stelle
Das Hohe, Göttliche der Zeit,
Und jede Stunde wird dir Quelle
Gesteigert neuer Dankbarkeit.

»DER STERN GIBT MIR DAS GELEIT.« FONTANE ALS LYRIKER

Von Rüdiger Görner

I

»Ich habe gestern gelyrikt und zwar ein Herbstlied ›Rothe Beeren am Rosenhage‹«, schreibt Fontane in einem Brief vom Oktober 1851. Im selben Jahrzehnt befindet er: »Ich bin gewiß eine dichterische Natur, mehr als tausend andere, die sich selber anbeten, aber ich bin keine große und keine reiche Dichternatur. Es drippelt nur so.« Wort für Wort, Spruch um Spruch. »Kram« nennt er seine Gedichte an anderer Stelle. »Reimerei«, einen bloßen »Haufen« aus Worten und meint schließlich: »Verse sind Arabesken zur Prosa. Beide dienen denselben Göttern.« Und dennoch: Als er 1889 daran geht, die dritte, erheblich erweiterte Auflage seiner ›Gesammelten Gedichte‹ vorzubereiten, glaubt er zu wissen, daß von alledem, was er geschrieben habe, gerade einige seiner Gedichte, zumal die späten, »ins nächste Jahrhundert hineingerettet« würden und damit von Bestand blieben.

Wie stets bei Fontane – und bei jedem wahren Künstler: Widersprüche zuhauf. Skepsis und Zuversicht in einem. Einmal betont er die gewachsene Reife seiner späten Lyrik, dann wieder gibt er seinen frühen Versen den Vorzug vor seiner essayistisch-journalistischen Prosa aus der Zeit seiner schriftstellerischen Anfänge: Mit »Vergnügen oder doch ohne Verlegenheit« lese er seine ein halbes Menschenalter zurückliegenden Gedichte, »während meine Prosa aus derselben Zeit mich beständig geniert und erröten macht«. Dienten mithin Verse und Prosa doch verschiedenen ›Göttern‹?

Allem Anschein nach war sich Fontane darüber selbst nie ganz im klaren. Immerhin ließ er keinen Zweifel über die

Wurzeln seines Schriftstellertums aufkommen: »Alles, was ich (...) in Versen und Prosa geschrieben habe, hat dieselben zwei Ausgangspunkte und dreht sich um Märkisch-Preußisches oder um Englisch-Schottisches.« Den Lyriker Fontane haben hierbei besonders Volksweisen beeinflußt, ob von Fritz Reuter oder Walter Scott. Eigens hob er in einer Zusammenstellung aus dem Jahre 1894 (»Was soll ich lesen?«) Thomas Percys »Reliques of Ancient English Poetry« und Walter Scotts »Minstrelsy of the Scottish Border« als nachhaltigste Einflüsse auf sein (lyrisches) Schaffen hervor. Scotts minnesängerische Grenzlanddichtung hatte für Fontane durchaus auch symbolischen Charakter gewonnen; fühlte er sich selbst gerade in England als grenzgängerischer »Zaungast«, eine Rolle, der er jedoch auch eine für Schriftsteller nachgerade wesentliche Tugend abgewinnen konnte: »Die Dinge beobachten, gilt mir beinah mehr, als sie besitzen, und so hat man schließlich seinen Glück- und Freudeertrag wie anscheinend Bevorzugtere.«

Damit ist ein Hauptmotiv des ›lyrikenden‹ Fontane genannt: Die Suche nach Glück. Wo hält sich das kleine Glück verborgen? Diese Frage hatte schon die Lyrik Eduard Mörikes bestimmt, den Fontane als Dichter ebenso rückhaltlos verehrte wie sonst nur noch Theodor Storm. Doch erinnert dieses Suchen Fontanes in seinem unablässigen Schürfen in erster Linie an Kleists Bemühung, »den sichern Weg des Glücks zu finden«. Das Hauptergebnis von Kleists Überlegungen klingt beinahe wie ein Satz des altersweisen abgeklärten Stechlin: »Also entbehren und genießen, das wäre die Regel des äußeren Glücks, und der Weg, gleich weit entfernt von Reichtum und Armut, von Überfluß und Mangel, von Schimmer und Dunkelheit, die beglückende Mittelstraße, die wir wandern wollen.« Aber eben nur ›beinahe‹. Der alte Stechlin dachte nämlich nicht mehr an ein ›Weiterwandern‹, an ein ferneres Ziel. Er verharrte in melancholischem Stoizismus. Die ›beglückende Mittelstraße‹, Mörike sollte sie später auf ein ›holdes Bescheiden‹ in einer nicht näher bestimmten ›Mitte‹ zulaufen lassen, sie suchte auch Fontane in vielen seiner Gedichte; sie war schon der Zielpunkt seiner »Wanderungen« durch märkische Landschaft und Geschichte zu den Überresten des altpreußischen Mythos gewesen.

Was ist das Glück des Dichters? Nach langen Wegen und Umwegen den passenden Ausdruck zu finden. Fontane gab darüber mit Blick auf Theodor Storm die folgende Auskunft: »Der Künstler, der echte Dichter, sucht oft vierzehn Tage lang nach einem Wort.« Als Lyriker wartete auch Fontane auf das gemäße Wort; er revidierte, strich, hielt zurück, überarbeitete. Was ihm als Journalist quasi zuflog, scheuchte er, so will es scheinen, als Lyriker erst einmal fort, um zu sehen, welche Worte sich als beständig genug erwiesen, um wiederzukehren und damit poetisch verwendungsfähig zu werden.

Man suche bei Fontane keine Poetik. Aber um gewitzte Bemerkungen zur Frage des Dichtens war er nicht verlegen gewesen. Im Mai 1868 schreibt er an seine Schwester Elise: »Interessant ist mir (...) gewesen, was für Vorstellungen von der Kunst des Versemachens existieren. Es erinnert an die Geschichte von dem fridericianischen Predigtamtskandidaten: ›hier ist nichts und da ist nichts und – aus Nichts hat Gott die Welt geschaffen.‹ In der That man wird wie eine Art Houdin angesehn, der aus einer Briefmappe einen Vogelbauer mit einem singenden Canarienvogel herausholen kann. Wie er das anfängt, nun das ist Houdins Sache.« Der Lyriker als Gaukler und Verwandlungskünstler – oder als »Kreuzung aus Luzifer und Clown«, so sah ihn Thomas Mann in seinem Versuch »Der alte Fontane« von 1910. Aber gerade dieses Gauklertum wollte Fontane nicht mit der Lyrik verbunden wissen. Statt dessen, so Fontane, müßten Talent und Fleiß zusammenfinden, damit der Dichter auf sinnvolle Art das rechte Wort erarbeiten könne.

Dem späten Fontane gehörte die Liebe des jungen Thomas Mann. Sein Essay über das große Vorbild, das in »Buddenbrooks«, dem »Zauberberg«, aber auch in Versuchen wie jenem über »Friedrich und die große Koalition« gedanklich, kompositorisch und stilistisch deutliche Spuren hinterlassen hat, dieser Essay befaßte sich nicht nur mit der erzählerischen und brieflichen Prosa des märkisch-berlinischen Sprachkünstlers, sondern fand auch zu wesentlichen Aussagen über Fontanes lyrische Kunst, die bis heute gültig geblieben sind. Ohnehin fällt auf, daß Thomas Mann sich in seinem Essay ausschließlich auf Zitate aus Fontanes lyrischem Werk beschränkte. Der Prosa Fontanes bescheinigte er gar eine »heimliche Neigung zum Balladesken«. Über die Lyrik urteilte er wie folgt: Fontanes »Romantik ist romanischer Herkunft, eine Cyrano de Bergerac-Romantik, die unter Versen ficht. Auch schauerliche Motive, auch Tower und Richtblock, als Sühne für heiße Verfehlungen, kommen darin vor. Aber ihr Grundwesen ist Rationalismus, ist heiterer Geist und freie Sinnlichkeit«; was dagegen vollkommen fehle, sei das ahndevoll Musikalische, das brünstig Metaphysische, die trübe Tiefe. Bezeichnend der einordnende Zusatz: »Eine tapfere Modernität zeichnete Theodor Fontane aus, die heute, im Gegensatz zum Heiligen Stefan (gemeint war Stefan George, d. Verf.), etwa Richard Dehmel vertritt.«

Fontane blieb auch als Lyriker wie als Romancier und Kritiker ein Spätaufklärer, gut fritzisch, aber eben auch der kritischen Kultur verpflichtet, wie sie einst Lessing und Friedrich Nicolai zu etablieren versucht hatten, als Dichter ein Erbe der politischen Vormärz-Lyriker und Heines, wie dieser mit Witz, Humor und scharfem Intellekt begabt, wenn auch mit weniger erotischer Phantasie und lyrischem Formenreichtum. Jedoch war Fontanes Ironie nicht die Heines. In einem Brief vom Mai 1885 lesen wir: »Ironie (deren Zeitalter ich noch miterlebt habe) ist etwas Gräßliches, aber Selbstironie ist gut.« So hatte er es immer gehalten: Schreibend betrieb er Selbstbeobachtung. Die Art der Heineschen Ironie schien Fontane wenn nicht mißfallen, so doch irritiert zu haben. Um 1860 notiert er: Heine »suchte durch Ironie die Romantik zu überwinden, die ihm Gott ins Herz gepflanzt hatte, und scheiterte damit: die Gottesgabe war stärker als der Dämon, der sie verspottete.«

Vielleicht hat man es, Thomas Manns Vorgabe folgend, etwas übertrieben mit dem späten bis spätesten Fontane, hat ihn gegen den frühen bis mittleren Fontane ausgespielt und im Alterswerk einen Trost für die Moderne erblickt. Entsprechend wurde der frühe Fontane als konventionell und traditionsbefangen abgetan und das betont Schlichte, Schmucklose seiner Lyrik, das Alltägliche, das in sie Eingang gefunden hat, als Essenz seiner späten Sprachkunst vorgestellt. Weit gefehlt. Bereits der zweiunddreißigjährige Fontane wußte genau, wie es um seine Lyrik, sein Formverständnis stand. »Erwägen Sie«, fragt er einen Freund brieflich, »wie viele Felder hat die Poesie und wie wenige bebau' ich? Sprech' ich vom Formellen, so finden Sie keine Hexameter, keine Oden- und Hymnenstrophe, keine Sonette, Terzinen und Ottaven, keine spanischen Trochäen, keine Ghaselen, keine Makamen und hundert anderer Spielereien (Ritornell, Triolett, Malaisches u.s.w.) zu geschweigen. Das Fehlen dieser Formen ist weder was Zufälliges noch was Gleichgültiges, – mit diesen Formen fehlen gleichzeitig bestimmte Dichtungsarten, denen jene Formen eben zugehören, gleichsam angewachsen sind. Sie finden in meinen Sachen keine Idylle, keine Fabel, keine Legende, kein still Beschreibendes, kein Lehrgedicht, es fehlt die Dithyrambe, es fehlt das Naive und Drollige, und vor allen, es fehlen – die Lieder, das Lyrische überhaupt (...).«

Was aber findet sich dann? Die Suche nach der rechten Sprachform für seine Zeit. Fontane weiter in seinem wohl ›poetologischsten‹ Brief: »(...) wir schreiben in all den genannten Formen, aber wir haben auch kein – Nationalepos. Jedem Zeitalter gehört eine bestimmte Form an, für das unsere ist diese Form noch zu finden, sie wird sich finden mit dem Gedichte selbst.« Von der sogenannten ›Nibelungenstrophe‹ erwartete er sich in dieser Hinsicht nichts; sie sei »klippklappig monoton«; statt dessen empfahl er die »alte englische Balladenstrophe«, die es frei zu »modeln« gelte, wobei sich dann erweisen werde, ob sie im deutschen Rahmen ›nationalepisch‹ tauglich sei.

Zwar dachte der späte Fontane nicht mehr über die Notwendigkeit eines Nationalepos nach; das Beispiel von Richard Wagners Gesamtkunstwerk hatte in dieser Hinsicht eher abstoßend auf ihn gewirkt, und dennoch blieb sein Diktum gültig, daß Gedicht um Gedicht die Form neu entscheide, selbst den Volksliedton im Gedicht vom Ribbeckschen Birnbaum. Obgleich er nicht in Hexametern dichtete, brachte er es zu klassischen Versen; auch wenn er die spanischen Trochäen verschmähte, ein Don Quichotte altpreußischer Ritterlichkeit blieb er doch; mochte ihm auch das ›Lyrische‹ nach eigener Auskunft fehlen, er war stets mehr als nur ›Causeur‹, er wurde zum märkischen ›Sänger‹ (Thomas Mann), zum Sänger des Märkischen, aber eben auch des Britischen. Schon deswegen verbietet es sich, den »jüngeren und mittleren« Fontane leichtfertig als uninteressant abzutun. Es war nämlich keine geringe Leistung, in einer Zeit des wachsenden Nationalismus und der trunken patriotischen Hymnerei beharrlich auf das außerdeutsche Beispiel, auf

Schottland, auf England, auf Irland, hinzuweisen. Er nahm sich ihrer Sprachformen an, bereicherte seine eigene Sprachwelt durch britisches Liedgut, durch das Fremde, nicht einfach im Sinne einer eindeutschenden ›Anverwandlung‹, sondern mit der Absicht, dieses Fremde als Fremdes, als Anderes gelten zu lassen. Noch einen anderen Zweck verfolgte Fontane mit der Aufnahme angelsächsischer Poesie in sein Schaffen: Er wollte seinen Zeitgenossen eine Lyrik vorführen, die – seiner Meinung nach – einen hohen gesellschaftlichen Stellenwert hatte. Die Gesellschaft des Kaiserreichs dagegen hielt er für peinlich poesiefern: »... wie's aber 'mal steht und liegt, ist eine alte, sieben Jahre getragene Hausweste allerdings mehr wert als eine Ballade.« Und in einem Brief vom Mai 1889 klagt er: »Die Gleichgültigkeit der Menschen gegen Poetereien übersteigt alles Maß (...).«

Die scheinbare Abgeklärtheit und Souveränität der späten spruchhaften Lyrik Fontanes täuscht. Dahinter verbarg sich ein Schriftsteller, der das Nervöse, die gesteigerte Umtriebigkeit seiner Zeit durchaus in sich aufgenommen hatte und wohl auch deswegen vor seinen »famosen Vollreimen« erschrak, wie er Detlev von Liliencron gestand. Mehr noch: Angst hatte sich seiner bemächtigt, eine Angst davor, »einen Unsinn oder eine Lächerlichkeit oder eine Unanständigeit« stehen zu lassen, eine Angst mithin als Ausdruck seines Künstlergewissens, letztlich aber, wie er meinte, eine »Angst um nichts«. Oder war dies eine Angst vor dem Nichts, die er Reim um Reim zu überdecken versuchte?

Dann wieder konnte das »Lyriken« eine geradezu verjüngende Wirkung auf ihn haben. Nach wochenlangem Verseschreiben gesteht er einer Freundin, daß er mit fünfundsechzig Jahren wieder bei fünfundzwanzig »und beinah bei 15 angelangt« sei. Doch auch hier bei dieser freilich nur wenig faustischen Verjüngungskur setzt sich eine melancholische Stimmung durch: »Die Schlange, die sich in den Schwanz beißt, der Ring, der sich schließt. Man sagt, das bedeutet das Ende.« Das Resümee: »Aber wenn auch, ich habe meine Freude daran gehabt.«

Gelegentlich gestattete er sich regelrechte »Spielereien«, obgleich er sie in bezug auf seinen Umgang mit lyrischen Formen, wie gesehen, ausdrücklich verworfen hatte, eine Sprachspielerei als ein – da meldete es sich wieder – »absolutes Nichts, eine Variation auf das von seiner Frau in einem Gedicht monierte Wort ›drum‹:

»Und ging auch alles um und um, / In Dir, in mir, ich lieb' Dich drum, / Ich lieb' Dich drum, weil Du mir bliebst, / Ich lieb' Dich drum, weil Du vergibst, / Ich lieb' Dich, – ach warum ›Warum‹? – / Und blieb' auch meine Lippe stumm, / Ich lieb' Dich drum, weil Du mich liebst.« Fontanes Kommentar: verrät den echten Lyriker, dem symbolistische Anwandlungen nicht fern waren: »Vielleicht findest Du es gar nicht so schlecht; das würde nur ein Beweis sein, wie erfolgreich man mit dem bloßen Klang operieren kann, auch wenn gar nichts dahinter steckt.« Als persönliche Mitteilung an seine Frau verstanden war dies freilich starker Tobak: Liebe – ein Nichts? Eine Spielerei am Rande des Nonsens, eines Reimes, eines Wörtleins wegen? Ein Sprachexperiment, drum ist drum ist drum, ist Liebe ist Liebe ist Liebe? ›Liebe‹ als Platzhalter, als Variable für andere Worte? Als poetische Aussage freilich belegt dieses Gedicht Fontanes Sinn für das unscheinbare Wort, das ihm bedeutungsvoller sein konnte als das große Gefühl. Ein Jahr später nahm er in Sachen Liebesgedicht noch einmal Anlauf: »Das ist das höchste Glück: / Alte Liebe kehrt täglich neu zurück; / Es bleibt beim alten – / Auch die Worte, die Du im Ohr behalten.« Nein, das Liebesgedicht wurde nie ganz zu seinem Metier.

II

Es stand nicht gut um das lyrische Ich zu Fontanes Zeiten; verblaßt waren romantische Aura, die Nachtmystik entzaubert, die Blaue Blume verwelkt, der unstete, schwerlich ›respektable‹ Wanderer galt nichts mehr in einer plüschgepolsterten neureichen Gesellschaft. Das Ich, von Ironie längst angegriffen, beinahe ausgezehrt, zählte allenfalls als ›homo oeconomicus‹ und in Preußen nach wie vor in erster Linie als Untertan; die Wissenschaften betrachteten dieses Ich entweder als gesellschaftlich determiniert oder als Produkt affenhafter Evolution. Mit den Worten des alten Stechlin gesagt: »Das ›Ich‹ ist nichts – damit muß man sich durchdringen.« Er tröstete sich mit ruppinischem Stoizismus: »Ein ewig Gesetzliches vollzieht sich, weiter nichts, und dieser Vollzug, auch wenn er ›Tod‹ heißt, darf uns nicht schrecken. In das Gesetzliche sich ruhig schicken, das macht den sittlichen Menschen und hebt ihn.«

Im Denken zwischen Schopenhauer und dem Versuch Nietzsches, das Ich auf ästhetischem Wege zu rehabilitieren, angesiedelt, schien das Ich des Menschen nur insofern gerechtfertigt, als es seinen Willen zu verneinen, zu überwinden lernte, um weitgehend widerspruchslos gewisse soziale oder naturwissenschaftlich begründete ›Gesetzlichkeiten‹ auf sich zu beziehen. Schon in Mörikes Dichtung, von Fontane, wie gesehen, bewundert, hatte sich das Ich auf dem Rückzug befunden. Im Nebel des Gedichts »Septembermorgen« etwa ist es allenfalls verschleiert präsent. Da steigt die Nacht ›gelassen‹ ans Land, und das »Wort« weiß sich nicht im Herzen eines Ich oder Du aufgehoben, sondern die »Quellen« behalten es. Das selige In-sich-Scheinen des Schönen bespricht Mörikes Ding-Gedicht »Auf eine Lampe«. Und wenn das Ich sich zu Wort meldet, dann nicht selten in ironischer Gestalt, die auf Schwäbisch die fontanesche Gewitztheit zumindest andeutungsweise vorwegnimmt: Das Ich will tüchtig sein, aber es fällt ihm nichts Wesentlicheres ein als der Verzehr eines Rettichs. Oder es findet sich als Wetterhahn auf einem Kirchturm.

Die Eigenart, Umgangssprachliches, Alltägliches in Paarreimen vorzustellen, gemeinhin als eine Besonderheit Fontanes gepriesen, konnte dieser bei Mörike vorgebildet finden. So sinniert etwa dessen ›alter Turmhahn‹: »Jetzt tät man mich mit altem Eisen / Dem Meister Hufschmied überweisen.«

Fontanes Lyrik bildete sich zwischen der Beschäftigung mit der von Mörike inspirierten Scheinidylle der schwäbischen Poesie, von der er schon 1853 glaubte, daß sie sich ausgesungen habe, und dem Sprachzauber des Husumer Freundes, Theodor Storm, wie er ein Dichter, der durch seine Poesie und Novellen einem Zeitgeist Widerstand leisten wollte, welcher zunehmend bereit war, sich mit eindimensionalem Materialismus zu begnügen: »... es hat die Nachtigall / Die ganze Nacht gesungen; / Da sind von ihrem süßen Schall, / Da sind in Hall und Widerhall / Die Rosen aufgesprungen.« Storm arbeitete (wie Fontane) im Gedicht mit schlichten Mitteln: Die Wiederholung des »da sind« genügt, um den Effekt des Erstaunens hervorzubringen. In einem anderen Gedicht Storms kann ein »Nur« eine fünf Verse lang aufgebaute Idylle in Frage stellen (»Klingt im Wind ein Wiegenlied ... /Junge Frau, was sinnst du nur?«). Jedoch auch bei Storm durchlebte das lyrische Ich eine Krise, wie Fontane in seiner frühen Würdigung des Husumer Poeten bemerkt hatte (1853); kaum anders bei Gottfried Keller und Conrad Ferdinand Meyer: »Zwei Segel erhellend / Die tiefblaue Bucht« – das meint auch: Was soll in diesem Bild noch ein Ich?

Georg Herwegh, ein anderer Favorit Fontanes, »beinahe alles« solle man von ihm lesen, forderte der Verfasser der

»Effi Briest«, Herwegh hatte das lyrische Ich im politischen Anspruch aufgehen lassen, in der ›Macht‹ des Arbeiters, wogegen Meyer dem Ich nur als Teil der Streitmacht der Toten ›Wirkung‹ zubilligte (»Wir Toten, wir Toten sind größere Heere / Als ihr auf der Erde, als ihr auf dem Meere!«).

Die deutsche Lyrik zu Zeiten Fontanes, von ihm als eine »Literatur der Überproduktion« bezeichnet, die beweise, daß der Muse die Muße fehle, schwankte zwischen humoristischem Volkston im Stile Wilhelm Buschs, Dialektgedicht (Fritz Reuter und Klaus Groth), melancholischer Resignation, Schauerballadenton (man denke an Moritz von Strachwitz' Erzählgedicht »Das Herz von Douglas«), versuchte die Objektivierung poetischen Sprechens im Ding-Gedicht Mörikes und Meyers, aber auch die Flucht in eine allzu durchsichtig verklärte Geschichte, nicht minder jedoch ihre kritisch-nüchterne bis bittere Bilanzierung, etwa in den folgenden Versen Detlev von Liliencrons, mit dem Fontane regen Austausch pflegte. Das Gedicht handelt von der Schlacht bei Kolin (am 18. Juni 1757), eine der schwersten Niederlagen der preußischen Armee im Siebenjährigen Krieg. In Liliencrons Gedicht geht es jedoch nicht um Heroismus und pathetische Verzweiflungsgesten im Feldlager Friedrichs des Großen, sondern um das Leiden des kleinen Mannes, eines Vaters, dem ein Überlebender der Schlacht ein Erinnerungsstück an seinen gefallenen Sohn überbringt: »... in einen kleinen erdverschmutzten Band ... schrieb hinein die Zitterhand: Kolin. Mein Sohn verscharrt im Sand. Wer weiß wo.« Das ist Heine minus Ironie, ›realistische‹ gefühlsgenaue Poesie, die zu Herzen geht, weil sie sich von keinem Dogma berühren ließ.

Bedenkt man dieses Umfeld der Lyrik Fontanes, dann kann es eher gelingen, ihre Besonderheit deutlicher zu erkennen. Es ist eine Lyrik, die wieder Mut zum Ich zeigte, so zweifelnd es sich auch geben mochte, und einem Empfinden entstammte, das Geschichte verlebendigen wollte und die Gegenwart nur als Ergebnis des Gewesenen, aber auch als dessen Verschwender verstand; eine Lyrik, die sich einem Denken verdankte, das von maximenartigen Reflexionen ausging, das aufklären wollte und doch bei jeder sich bietenden Gelegenheit nostalgisch verschleierte, das Altes als Neues vorstellte, prägnant und ausschweifend sein konnte, nüchtern und larmoyant zugleich. Dramatische Tiefe holte sich diese Lyrik, Herders Beispiel folgend, von den schottischen Balladen. Besonders angetan hatte es ihm die »Edward«-Ballade, wie wir aus einem Vortrag Fontanes über Tennyson wissen (1860). Es geht um einen Meuchelmord, begangen vom Sohn am Vater, dazu angestiftet von seiner Mutter. Eine Ballade voll banger Fragen, ausweichender Antworten und schließlichem Geständnis. »Das ist eine wirkliche Ballade«, meinte Fontane zu diesen Schauerstrophen, die Einblicke in »ehrliche Schrecknisse« böten, in die Abgründe des menschlichen Tuns. Es hat den Anschein, als habe der Zeitgeist, gelähmt von der politischen Restauration nach 1848, nach dergleichen »Stimulanzen« verlangt; auch der junge Brahms war von diesem Gedicht fasziniert und setzte sie in der d-Moll-Ballade (op. 10) überaus effektvoll um.

III

Der ›hohe Ton‹ war Fontane fremd. Das Getragene ließ er abstürzen. Schmucklosigkeit ziert seine Gedichte. Mit Herder, Brentano und Arnim behauptete er die Gleichzeitigkeit und Gleichwertigkeit von »Volks und Kunstdichtung«. Entsprechend blieb Fontane gerade in seinen Gedichten einer kunstvollen Kunstlosigkeit treu. Fontane konnte in seinen

Versen so lakonisch bis frech sein, daß man frühen Brecht zu hören glaubt, aber auch so balladesk gestimmt wie Schiller in seinen »Kranichen des Ibykus«, wie Uhland und die schottischen Barden. Die zeitgenössische Kritik hat dies durchaus erkannt, wenn auch im preußischreichsneudeutschen Lichte überzeichnet. In einer Besprechung der zweiten Auflage der Gedichte Fontanes (1874) steht zu lesen: »Ohne Frage gehört sein (Fontanes, d. Verf.) Name in erster Linie, wenn man unsere Meister der Ballade erwähnt. Zunächst hatte er, wie gesehen, durch eingehende Beschäftigung mit der englischen Balladenpoesie jene markige Kürze, jene unvergleichliche Volk(s)tümlichkeit des Tones sich zu eigen gemacht, welche seinen derartigen Dichtungen den Stempel der Vollendung verleihen.« Ferner ist von »gesunder Nüchternheit« die Rede und davon, daß »heldenhaft Sprödes« wie ein »kategorischer Imperativ in diesen knapp geschürzten Weisen« herrsche. Das war fraglos allzu preußisch geurteilt, gerade auch dann, wenn der Kritiker (Wilhelm Lübke) den Gedichten Fontanes »altpreußisch strammes Soldatentum« bescheinigt. Wohlgemut verkündete besagter Rezensent überdies, daß Fontanes betont preußische Gedichte, nicht selten inspiriert von der nostalgisierenden Geschichtsschreibung eines Franz Kugler und ihrer Illustration durch Adolph von Menzel, schon deswegen Anklang finden würden, weil aus »dem früheren spezifisch Preußischen jetzt ein großer, umfassender Geist sich entpuppt« habe. ›Altpreußisch‹ mochte als Prädikat durchaus angehen. Aber man frage sich, was diese viel gerühmte fontanesche ›Kürze‹ besagen wollte. War sie nicht ein Protest gegen das großsprecherische Neudeutschtum des Zweiten Kaiserreichs? Haben wir sie nicht als Einspruch gegen die nichtssagende Redseligkeit seiner Zeitgenossen zu werten? Ob Fontane, der selbsterklärte ›Causeur‹, wirklich ›Sänger‹ war, wie Thomas Mann etwas überschwenglich urteilte, oder nicht, eines ist gewiß: Seine Anekdoten, ob in Prosa oder Versen vorgetragen, waren nie geschwätzig, stets knapp, stets treffend. Der schnodderige Kasernenhofton, der sich in manchen Fontane-Gedichten findet, spiegelte nicht seinen Wunsch »gepanzerte Verse« zu schreiben, wie Kritiker glaubten; Fontane bediente sich seiner, um das Neupreußische zu parodieren und somit bloßzustellen.

Aber das ist eben keineswegs der ganze Fontane. Seine Gedichte bekennen sich zum Ich, zur Seele, zur kleinen Sehnsucht nach einem »Hinaus« zum (ganz) anderen; sie können sich freuen – am Kreatürlichen, selbst staunen – beim Anblick eines Sterns etwa. Aber Fontane bedichtet auch den Preis, den diese bescheidenen Sehnsüchte haben, versinnbildlicht in der Parabel von Ikarus, dessen Scheitern die Welt jedoch nur als »neues Spektakelstück« goutiert und nicht als Menetekel zu deuten weiß. »Vom Wünschen Abschied nehmen«, auch das war eine fontanesche Formel, mit der er die Hybris der Moderne ›bannen‹ wollte: »Tand, Tand, / Ist das Gebilde von Menschenhand«, so schließt eines der bekanntesten zivilisationskritischen Gedichte Fontanes, »die Brück am Tay«.

Wer den Reichtum der Gedichte Fontanes ermessen will, sollte die Ballade vom Eisenbahnkonstrukteur John Maynard neben der Ekloge auf den letzten spätmittelalterlichen Grafen von Ruppin lesen; Ältestes und Neuestes gehörten für diesen Schriftsteller auch und gerade als Lyriker zusammen. Ein Jongleur mit den Zeiten war er, ein Poet, der den friderizianischen Offizier, Seydlitz, als preußischen Don Quichotte zu präsentieren verstand und die Konfrontation mit Fragen des Letzten als notwendiges tägliches Brot.

Subtil, nein, meisterlich, wie Fontane mit dem scheinbar Paradoxen im Leben verfährt; behutsam geht er mit ihm um, stets am Problem des Menschlichen orientiert. »Das Lied eines Ausgewanderten« liefert dafür ein eindrucksvolles Beispiel. Ein ausgewandertes ›Ich‹ gesteht sich ein, noch immer zutiefst im ›Deutschen‹ verwurzelt zu sein – und doch hält ihn, man beachte die Wendung, die Freiheit zurück, dieses ›Kleinod‹, das er erst in der Fremde gefunden hat. Wie entfernt ist dergleichen von deutschtümelndem Preußentum, wie überlegen den Epigonen gewisser Dichterschulen im neukleingroßdeutschen Reich.

Fontane verstand sich auf das Wort in jeder Lebenslage. Skepsis und Resignation stand sein Glaube an den langen Atem der Geschichte gegenüber, der in den besten seiner Balladen spürbar ist. Geschichtsbetrachtung à la Fontane konnte aus einer kuriosen, aber eingängigen Verbindung von Weisheiten aus der Perspektive des kleinen Mannes, aussagekräftiger Metaphern und quasi-philosophischer Sentenzen sein. Bestes Beispiel dafür ist Fontanes Gedicht »Es kribbelt und wibbelt weiter«, eine Überschrift, bestehend aus betont umgangssprachlichen Verben und einem tröstlich-imperativischen ›weiter‹. Weiter und weiter, nur weiß man nicht wohin und wozu. Diese ›These‹ wiederholt Fontane am Ende jeder Strophe, etwa so: »Die Flut steigt bis an den Ararat / Und es hilft keine Rettungsleiter, / Da bringt die Taube Zweig und Blatt – / Und es kribbelt und wibbelt weiter.« Der Ararat, höchster Gipfel im armenischen Hochland und angeblich Landeplatz der Arche Noah, dient als mythische Exposition dieses Gedichts über den geschichtlichen »Prozeß«, dem Fontane nur ein »Kribbeln« und »Wibbeln« als ›Prinzip‹ zubilligt. Die Vertreterin des Kreatürlichen, die (heilige) Taube, bringt ein Hoffnungs- und Friedenszeichen, das sich jedoch schon in der nächsten Strophe entwertet sieht: »Es sicheln und mähen von Ost nach West / Die apokalyptischen Reiter …« In der Folge berichtet das Gedicht von der Kreuzigung ›eines‹ Gottes, von Märtyrer- und Hexentod, schließlich von einem Ich, das sich auf sich selbst und in sich selbst zurückziehen solle. Wie auch immer: Es »kribbelt und wibbelt weiter«. Liest man diesen Refrain vor dem Hintergrund einer Zeit, die besessen war von der Auffindung gewisser ›Gesetze‹ und monokausaler Erklärungsmodelle in Gesellschaft, Wissenschaft und Geschichte, dann klingt diese Sentenz geradezu subversiv lakonisch.

»Geschichtsschreibung« war für Fontane nicht nur eine Sache der Rankes und Treitschkes, sondern auch das Thema für einen schlichten, aber sehr bezeichnenden Vierzeiler: »›Bei hellem Tageslichte / Hab' ich es anders gesehn.‹ / ›Gewiß. Geschichten und Gesichte / Wachsen und wechseln im Entstehn!‹«. Was er über Storm gesagt hatte, galt in noch größerem Maße für ihn selbst: »Von Geschichten hält er mehr als von der Geschichte.«

Fontanes Sicht der Geschichte war entschieden episodisch. Es ging ihm nicht darum, nachzuweisen, daß, mit Schiller gesprochen, die Geschichte das Weltgericht sei. Vielmehr beschäftigte ihn die Frage, wie man, wörtlich verstanden, Zugänge zur Geschichte finden könne, wie sich mithin Geschichte sinnlich erfahren lasse. Musterhaft gelang ihm dies in seinen »Wanderungen durch die Mark Brandenburg«, in Schilderungen, welche die wechselseitige Bedingtheit von Natur und Geschichte, von Landschaft und Anschauung vorführen. Um nichts anderes war es ihm auch in seinen Geschichtsballaden zu tun gewesen, ob sie nun britischen oder preußischen Begebenheiten oder Persönlichkeiten galten. Ob er sich nun ›balladierend‹ Maria Stuart, Walter Raleigh oder Schwerin, zu schweigen von Friedrich III., der hoffnungsträchtige, aber auch tragische Monarch der Deutschen, annahm, er entrückte sie nicht, sondern machte sie durch die knappe Gestaltung ihrer menschlichen Problematik zu Zeitgenossen jeder Epoche.

Besondere Aufmerksamkeit verdient hier das Gedicht »Keith«, ein »Lied« über den schottischen Feldmarschall in der Armee Friedrichs des Großen. Fontane sah in ihm weniger den Offizier als vielmehr den Menschen zwischen den Kulturen, einen Schauspieler mit Degen und Roß, der Europa als Bühne aufgefaßt hatte und in den jeweiligen Armeen »Gastspiele« gab, eben kein Nationalist, eher ein Hasardeur, dem es nur auf eines ankam: Gut zu spielen.

Spiel, Kunst bis zuletzt. In der kurzen Ballade über »Louis Ferdinand« läßt Fontane diesen umschwärmten, aber unglücklichen Prinzen seinem Ende auf einem Flügel im Rudolstädter Schloß vor großer Gesellschaft präludieren.

Letzte Dinge – für Fontane ein existentiell-lyrisches Thema zwischen »dunklen Punkten« und »gesteigerter Dankbarkeit« für das, was sein durfte. Abendstern, Nachtviole, das Bild der toten Braut, das leere Haus sind die wichtigen Bildelemente dieser Poesie des Letzten; zu ihr gehörte jedoch auch die Kraft, lebenslang gewonnene Einsichten spruchartig festzuhalten, genauer gesagt, sich an erfahrungsgeläuterte Verse zu halten. Bei aller Skepsis, von der Fontane durchdrungen war, aus seiner Dichtung spricht ein Grundvertrauen in die Sprache, um das wir ihn nur beneiden können.

LITERATURVERZEICHNIS

Hugo Aust (Hrsg.), Fontane aus heutiger Sicht. Analysen und Interpretationen seines Werks. München 1980.

Theodor Fontane, Aufzeichnungen zur Literatur. Berlin und Weimar 1969.

Theodor Fontane, Dichter über ihre Dichtungen. Bd. 12/I. Hrsg. v. Richard Brinckmann in Zus. mit Waltraud Wiethölter. München 1978.

Karl Richter, Die späte Lyrik Theodor Fontanes. In: Aust (Hrsg.), Fontane aus heutiger Sicht, a. a. O., S. 118-142.

BIBLIOGRAPHISCHER NACHWEIS

Die Ausgabe folgt dem Textbestand: Theodor Fontane. Gedichte in drei Bänden. Hrsg. v. Joachim Krueger und Anita Goltz. Berlin und Weimar 1989; sowie: Theodor Fontane, Gesammelte Werke. Romane, Erzählungen, Gedichte. Bd. VI. Hrsg. v. Walter Keitel München/Darmstadt 1964.

VERZEICHNIS DER AUSGEWÄHLTEN GEDICHTE

Motto: Guter Rat 11

Herbstgedichte

Herbstlied 15
Herbstgefärbt 15
Herbstmorgen 16
Spätherbst 16
Unwiederbringlich 17
Im Herbst 17
Eine Herbstreise (1-8) 18
Der Herbst 23

Rückblicke

Im Garten 29
Das Fischermädchen 29
Rückblick 30
So und nicht anders 30
Schlaf 31
Am Jahrestag 31
Verzeiht 32
Der Kastanienbaum 33
Reise-Erinnerungen (1-6) 34
Auf dem Stralauer Kirchhof 39
»O trübe diese Tage nicht« 39

Frage nach dem Glück

Glück 43
Sonette (1-9) 43
Verlobung 49
Winterabend 49
In Hangen und Bangen (1-5) 50
Unterwegs und wieder Daheim (1-4) 53
Sprüche (1-11) 55
Der alte Musikant 61
Trost 61
Aber wir lassen es andere machen 62
An Emilie 62
Lied eines Ausgewanderten 63

Kreatürliches

Der Kranich 67
Die zwei Raben 68
Der Kranke 68
Wissen und Wähnen 71
Mücken-Trost 72
Das gefangene Vöglein 72
Im Walde 73

In Gesellschaft

Aus der Gesellschaft (1-9) 77
Unsere »Deutsche Frau« 83
Brunnenpromenade 84

Zeitwerte und Geschichtswelt

Überlaß es der Zeit 89
Über ein Weilchen 89
Es kribbelt und wibbelt weiter 90
König Karl der Zweite von Engelland 90
In memoriam Nicolai 91
Geschichtsschreibung 92
Der schwarze Korsar 92
Der Markuslöwe 93
Das Amphitheater 95
Ikarus 96
Ja, das möcht' ich noch erleben 97
Gorm Grymme 97
Archibald Douglas 100
Der letzte York 104
Johanna Gray 108
Maria Stuart / Romanzen-Zyklus (1-4) 111
Marie Duchatel 121
Sir Walter Raleighs letzte Nacht 125
Lady Essex (Fragment) 130
Die Brück am Tay 131
John Maynard 134
Der Tod des letzten Grafen von Ruppin 136
Wangeline von Burgsdorf oder Die weiße Frau 137
Der alte Dessauer 139
Der alte Zieten 140
Seydlitz (1-3) 142
Schwerin 147
Keith 149
Prinz Louis Ferdinand 151
Kaiser Friedrich III. (1-4) 154
Herr von Ribbeck auf Ribbeck im Havelland 157

Allein. Und über Letztes

Auf der Reise 161
Bekenntnis 161
Alles still! 162
Der Gast 163
Mein Herze, glaubt's, ist nicht erkaltet 163
Ausgang 164
Meine Gräber 164
Die Frage bleibt 165
Goodwin-Sand 166
Das letzte Lied 166
Heimkehr 168
Die lieben Sterne 170
Todesahnung 172
In Emilies Stammbuch 172
Ihr Bild 173
Meerfahrt (1-5) 173
Schmerz 175
Abschied 176
Resignation 177
Memento 178

»Der Stern gibt mir das Geleit.« Fontane als Lyriker.
Von Rüdiger Görner 179

Lyrik
im insel taschenbuch

Charles Baudelaire: Die Blumen des Bösen. Übertragen von Carlo Schmid. it 120

Bertolt Brecht: Hauspostille. Mit Anleitungen, Gesangsnoten und einem Anhang. Radierungen von Christoph Meckel. it 617

Wilhelm Busch: Kritisch-Allzukritisches. Gedichte. Ausgewählt und mit einem Nachwort von Theo Schlee. Mit Illustrationen von Wilhelm Busch. it 52

Hans Carossa: Gedichte. Der alte Taschenspieler. it 1461

Catull: Sämtliche Gedichte. Lateinisch und deutsch. Aus dem Lateinischen von Carl Fischer. Mit einem Nachwort von Bernhard Kytzler. it 1736

Friedrich Cramer: Spiel der Synapsen. Gedichte und Prosa. it 1657

Annette von Droste-Hülshoff: Geistliches Jahr. Gedichte. it 1885

– Sämtliche Gedichte. Mit einem Nachwort von Ricarda Huch. it 1092

Joseph von Eichendorff: Gedichte. Mit Zeichnungen von Otto Ubbelohde. Herausgegeben von Traude Dienel. it 255

– Gedichte. In chronologischer Folge herausgegeben von Hartwig Schultz. it 1060

Theodor Fontane: Herr von Ribbeck auf Ribbeck. Gedichte und Balladen. Herausgegeben von Gottfried Honnefelder. it 1446

Gedichte berühmter Frauen. Von Hildegard von Bingen bis Ingeborg Bachmann. Herausgegeben von Elisabeth Borchers. it 1790

Johann Wolfgang Goethe: Erotische Gedichte. Gedichte, Skizzen und Fragmente. Herausgegeben von Andreas Ammer. it 1225

– Gedichte. Sämtliche Gedichte in zeitlicher Folge. Herausgegeben von Heinz Nicolai. it 1400

Goethes Liebesgedichte. Herausgegeben von Hans Gerhard Gräf mit einem Nachwort von Emil Staiger. it 275

– Römische Elegien und Venezianische Epigramme. Herausgegeben von Regine Otto. it 1150

– Verweile doch. 111 Gedichte mit Interpretationen. Herausgegeben von Marcel Reich-Ranicki. it 1775

– West-östlicher Divan. Mit Essays zum ›Divan‹ von Hugo von Hofmannsthal, Oskar Loerke und Karl Krolow. Herausgegeben und mit Erläuterungen versehen von Hans-J. Weitz. it 75

Johann Wolfgang Goethe / Friedrich von Schiller: Sämtliche Balladen und Romanzen in zeitlicher Folge. Herausgegeben von Karl Eibl. it 1275

Karoline von Günderode: Gedichte. Herausgegeben von Franz Josef Görtz. it 809

175/1/12.96

Lyrik
im insel taschenbuch

Johann Christian Günther: Die Gedichte. Herausgegeben von Franz-Heinrich Hackel. it 1702

Heidelberg im Gedicht. Die zwölf schönsten Heidelberg-Gedichte mit Interpretationen. Im Auftrag der Literarischen Gesellschaft Palais Boisserée herausgegeben von Helmuth Kiesel. it 1939

Heinrich Heine: Buch der Lieder. Mit zeitgenössischen Illustrationen und einem Nachwort von E. Galley. it 33

– Deutschland. Ein Wintermärchen. Mit einem Nachwort von Joseph Peter Strelka. Anhang mit Bibliographie und einer Zeittafel. it 723

– Gedichte aus Liebe. In einer Auswahl von Thomas Brasch. it 1444

– Neue Gedichte. it 1055

– Romanzero. Mit einem Nachwort von Joseph A. Kruse und zeitgenössischen Illustrationen. it 538

Hermann Hesse: Gedichte des Malers. Zehn Gedichte mit farbigen Zeichnungen. it 893

– Im Garten. Betrachtungen und Gedichte. Zusammengestellt und mit einem Nachwort von Volker Michels. Mit zahlreichen Abbildungen. it 1329 und it 1816

Mit Hermann Hesse reisen. Betrachtungen und Gedichte. Herausgegeben von Volker Michels. it 1242

– Tessin. Betrachtungen, Gedichte und Aquarelle des Autors. Herausgegeben von Volker Michels. it 1494

Friedrich Hölderlin: Gedichte. Herausgegeben und mit Erläuterungen versehen von Jochen Schmidt. it 781

– Die schönsten Gedichte. Ausgewählt und mit einem Nachwort versehen von Jochen Schmidt. it 1508

Christian Morgenstern: Alle Galgenlieder. it 6

Wilhelm Müller: Die Winterreise und andere Gedichte. Herausgegeben von Hans-Rüdiger Schwab. Mit einem Vorwort von Christian Elsner. it 901

Friedrich Nietzsche: Gedichte. Herausgegeben von Karl Riha. it 1622

Novalis: Gedichte. Die Lehrlinge zu Sais – Dialogen und Monolog. Mit einem Nachwort von Jochen Hörisch. it 1010

August von Platen: Wer wußte je das Leben? Ausgewählte Gedichte. Herausgegeben und mit einem Nachwort von Rüdiger Görner. it 1713

Rainer Maria Rilke: Ausgesetzt auf den Bergen des Herzens. Gedichte aus den Jahren 1906 bis 1926. it 98

175/2/12.96

Lyrik
im insel taschenbuch

Rainer Maria Rilke: Das Buch der Bilder. Des ersten Buches erster Teil. Des ersten Buches zweiter Teil. Des zweiten Buches erster Teil. Des zweiten Buches zweiter Teil. it 26
– Duineser Elegien. Die Sonette an Orpheus. it 80
– Erste Gedichte. Larenopfer. Traumgekrönt. Advent. it 1090
– Frühe Gedichte. it 878
– Gedichte. Aus den Jahren 1902 bis 1917. Taschenbuchausgabe der 1931 als Privatdruck erschienenen Edition der Handschrift Rainer Maria Rilkes. Illustriert von Max Slevogt. it 701
– Gedichte aus den späten Jahren. Herausgegeben von Franz-Heinrich Hackel. it 1178
– In einem fremden Park. Gartengedichte. Zusammengetragen von Marianne Beuchert. Mit zwölf farbigen Bildern von Marion Nickig. it 1820
– Die Letzten. Im Gespräch. Der Liebende. it 935
– Die Liebenden. Die Liebe der Magdalena. Portugiesische Briefe. Die 24 Sonette der Louïze Labé. it 355
– Neue Gedichte. Der Neuen Gedichte anderer Teil. it 49
– Das Stunden-Buch, enthaltend die drei Bücher: Vom mönchischen Leben. Von der Pilgerschaft. Von der Armut und vom Tode. it 2
– Vom Alleinsein. Geschichten, Gedanken, Gedichte. Herausgegeben von Franz-Heinrich Hackel. it 1216

Friedrich Rückert: Kindertodtenlieder. Mit einer Einleitung neu herausgegeben von Hans Wollschläger. it 1545

Sappho: Strophen und Verse. Übersetzt und herausgegeben von Joachim Schickel. it 309

Die schönsten Liebesgedichte. Herausgegeben von Sigrid Damm. it 1872

Sternbild des Herkules. Antike Bilder in moderner Lyrik. Herausgegeben, erläutert und mit einem Nachwort von Bernd Seidensticker. it 1789

Theodor Storm: Gedichte. it 731

Georg Trakl: Die Dichtungen. it 1156

Über die Liebe. Gedichte und Interpretationen aus der ›Frankfurter Anthologie‹. Herausgegeben von Marcel Reich-Ranicki. it 794

François Villon: Sämtliche Dichtungen. Zweisprachige Ausgabe. Aus dem Französischen von Walther Küchler. it 1039

Vom Abschied. Eine Gedichtsammlung. Herausgegeben von Margot Litten. Originalausgabe. it 694

Oscar Wilde: Gedichte. Herausgegeben von Norbert Kohl. it 1455

175/3/12.96

Literatur und Reisen
im insel taschenbuch

Alt-Prager Geschichten. Gesammelt von Peter Demetz. Mit Illustrationen von Hugo Steiner-Prag. it 613

Alt-Wiener Geschichten. Gesammelt von Joseph Peter Strelka. Mit sechs farbigen Abbildungen. it 784

Ernst Batta: Römische Paläste und Villen. Annäherung an eine Stadt. Mit zahlreichen Abbildungen. it 1324

Bodensee. Reisebuch. Herausgegeben von Dominik Jost. Mit zahlreichen Abbildungen. it 1490

Bonn. Ein Städte-Lesebuch. Herausgegeben von Doris Maurer und Arnold E. Maurer. Mit zahlreichen Abbildungen. it 1224

Budapest. Reisebuch. Herausgegeben von Wilhelm Droste, Susanne Scherrer und Kristin Schwamm. Mit zahlreichen Fotografien. it 1801

Friedrich Dieckmann: Dresdner Ansichten. Spaziergänge und Erkundungen. Mit farbigen Fotografien. it 1766

Dresden. Ein Reisebuch. Herausgegeben von Katrin Nitzschke. Unter Mitarbeit von Reinhard Eigenwill. Mit zahlreichen Abbildungen. it 1365

Flandern. Lesarten einer Stadt. Herausgegeben von Werner Jost und Joost de Geest. it 1254

Florenz. Lesarten einer Stadt. Herausgegeben von Andreas Beyer. Mit zahlreichen Illustrationen. it 633

Florida. Reisebuch. Herausgegeben von Katharina Frühe und Franz Josef Görtz. Mit zahlreichen Abbildungen. it 1492

Theodor Fontane: Jenseit des Tweed. Bilder und Briefe aus Schottland. Mit zahlreichen Abbildungen und einem Nachwort herausgegeben von Otto Drude. it 1066

– Ein Sommer in London. Mit einem Nachwort von Harald Raykowski. it 1723

Georg Forster: Reise um die Welt. Herausgegeben und mit einem Nachwort von Gerhard Steiner. it 757

Frankfurt. Reisebuch. Herausgegeben von Herbert Heckmann. Mit zahlreichen Abbildungen. it 1438

Johann Wolfgang Goethe: Italienische Reise. Mit vierzig Zeichnungen des Autors. Herausgegeben und mit einem Nachwort versehen von Christoph Michel. it 175

Johann Wolfgang Goethe: Tagebuch der Italienischen Reise 1786. Notizen und Briefe aus Italien. Mit Skizzen und Zeichnungen des Autors. Herausgegeben und erläutert von Christoph Michel. it 176

– Kampagne in Frankreich 1792. Belagerung von Mainz. Herausgegeben und mit einem Nachwort von Jörg Drews. Mit zeitgenössischen Abbildungen. it 1525

158/1/12.96

Literatur und Reisen
im insel taschenbuch

Walter Haubrich / Eva Karnofsky: Die großen Städte Lateinamerikas. Sechzehn Städtebilder. Von Walter Haubrich und Eva Karnofsky. Mit farbigen Fotografien. it 1601

Hamburg. Ein Städte-Lesebuch. Herausgegeben von Eckart Kleßmann. it 1312

Victor Hehn: Olive, Wein und Feige. Kulturhistorische Skizzen. Herausgegeben von Klaus von See unter Mitwirkung von Gabriele Seidel-Leimbach. Mit farbigen Abbildungen. it 1427

Heidelberg-Lesebuch. Stadt-Bilder von 1800 bis heute. Herausgegeben von Michael Buselmeier. it 913

Heinrich Heine: Italien. Mit farbigen Illustrationen von Paul Scheurich. it 1072

Hermann Hesse: Luftreisen. Berichte und Gedichte. Herausgegeben und mit einem Nachwort versehen von Volker Michels. Mit zahlreichen Abbildungen. it 1604

– Mit Hermann Hesse durch Italien. Ein Reisebegleiter durch Oberitalien. Mit farbigen Fotografien. Herausgegeben von Volker Michels. it 1120

– Tessin. Betrachtungen, Gedichte und Aquarelle des Autors. Herausgegeben von Volker Michels. it 1494

Mit Hermann Hesse reisen. Betrachtungen und Gedichte. Herausgegeben von Volker Michels. it 1242

Erhart Kästner: Griechische Inseln. Aufzeichnungen aus dem Jahre 1944. Mit einem Nachwort von Heinrich Gremmels. it 118

– Kreta. Aufzeichnungen aus dem Jahre 1943. Mit einem Nachwort von Heinrich Gremmels. it 117

– Ölberge, Weinberge. Ein Griechenland-Buch. Mit Zeichnungen von Helmut Kaulbach. it 55

– Ölberge, Weinberge. Die Stundentrommel vom heiligen Berg Athos. 2 Bände in Kassette. it 55/56

– Die Stundentrommel vom heiligen Berg Athos. it 56

Harald Keller: Die Kunstlandschaften Italiens. Toskana. Florenz. Umbrien. Rom. Lombardei. Emilia. Venedig. Zwei Bände in Kassette. Mit zahlreichen Abbildungen. it 1576

Kunstführer durch Sachsen und Thüringen. Herausgegeben von Katharina Flügel. Mit farbigen Abbildungen. it 1327

London. Eine europäische Metropole in Texten und Bildern. Herausgegeben von Norbert Kohl. it 322

158/2/12.96

Literatur und Reisen im insel taschenbuch

Doris Maurer / Arnold E. Maurer: Literarischer Führer durch Italien. Ein Insel-Reiselexikon. Mit zahlreichen Abbildungen, Karten und Registern. it 1071

Günter Metken: Reisen durch Europa. Andere Wege zu Kunst und Kultur. Von Günter Metken. Mit zahlreichen Fotografien. it 1572

Mit Fontane durch die Mark Brandenburg. Herausgegeben von Otto Drude. Mit farbigen Fotografien von Christel Wollmann-Fiedler. it 1798

Mit Rilke durch das alte Prag. Herausgegeben von Hartmut Binder. Mit zahlreichen Abbildungen. it 1489

Michel de Montaigne: Tagebuch einer Reise durch Italien. Aus dem Französischen von Otto Flake. it 1074

Moskau. Ein literarischer Führer. Von Sigrun Bielfeldt. Mit zahlreichen Abbildungen. it 1382

München. Ein Lesebuch. Herausgegeben von Reinhard Bauer und Ernst Piper. Mit zahlreichen Abbildungen. it 827

Ernst Penzoldt: Sommer auf Sylt. Liebeserklärungen an eine Insel. Mit farbigen Zeichnungen des Verfassers. Herausgegeben von Volker Michels. it 1424

Potsdam. Ein Reisetagebuch. Herausgegeben von Doris Maurer und Arnold E. Maurer. Mit farbigen Abbildungen. it 1432

Prag. Ein Lesebuch. Herausgegeben von Jana Halamicková. Mit zahlreichen Abbildungen. it 994

Reisen durch Deutschland. Von Gustav Faber. Mit farbigen Fotografien. it 1595

Reisen mit Mark Twain. Für Reiselustige ausgewählt und zusammengestellt von Norbert Kohl. it 1594

Rom. Ein Städte-Lesebuch. Herausgegeben von Michael Worbs. it 921

Salzburg. Ein Städte-Lesebuch. Herausgegeben von Adolf Haslinger. Mit zahlreichen Abbildungen. it 1326

Schwarzwald und Oberrhein. Literarischer Führer. Herausgegeben von Hans Bender und Fred Oberhauser. Mit zahlreichen Abbildungen. it 1330

Sommerliebe. Zärtliche Geschichten. Für den Reisekoffer gepackt von Franz-Heinrich Hackel. it 1596

Südtirol. Ein literarisches Landschaftsbild. Herausgegeben von Dominik Jost. it 1317

Toskana. Ein literarisches Landschaftsbild. Herausgegeben von Andreas Beyer. Mit Fotografien von Loretto Buti. it 926

158/3/12.96